JA[C]

Philologue allemand, né à Hanau (1785-1863), Jacques-Louis Grimm a étudié le droit à l'université de Marbourg. Il fut successivement conservateur de la bibliothèque de Wilhelmshohe, secrétaire à l'ambassade de Hesse, puis professeur de littérature allemande à l'université de Gœttingue. En 1841, il fut nommé membre de l'Académie de Berlin. Il fut aussi membre associé de l'Institut de France.

Il avait, tout comme son frère Guillaume-Charles, un attrait particulier pour les trésors de la littérature populaire. Au cours de leurs nombreux voyages, ils ont collecté diverses histoires tirées des traditions orales, regroupées sous le titre *Contes d'enfants* qui réunit leurs contes les plus célèbres.

GUILLAUME-CHARLES GRIMM

Philologue allemand, né à Hanau (1786-1859), Guillaume-Charles Grimm a étudié le droit à l'université de Marbourg, mais il fut contraint par une longue maladie d'interrompre ses études. Il devint successivement secrétaire de la bibliothèque de Cassel, sous-bibliothécaire à Gœttingue et professeur extraordinaire à l'université de Gœttingue. Guillaume-Charles a travaillé sur la littérature allemande au Moyen Âge. Il a édité plusieurs ouvrages dont la *Chanson de Roland*.

BLANCHE-NEIGE
&
AUTRES CONTES

FRÈRES GRIMM

BLANCHE-NEIGE
&
AUTRES CONTES

© 2012, Pocket, un département d'Univers Poche
pour la présente édition

I.S.B.N. : 978-2-266-22751-3

Sommaire

Sommaire

BLANCHE-NEIGE

Traduction de Félix Frank et E. Alsleben

C'était au milieu de l'hiver, et les flocons de neige tombaient comme des plumes ; une reine était assise près de sa fenêtre au cadre d'ébène et cousait. Et comme elle cousait et regardait la neige, elle se piqua les doigts avec son épingle et trois gouttes de sang en tombèrent. Et voyant ce rouge si beau sur la neige blanche, elle se dit :

« Oh ! si j'avais un enfant blanc comme la neige, rouge comme le sang et noir comme l'ébène ! »

Bientôt elle eut une petite fille qui était aussi blanche que la neige, avec des joues rouges comme du sang et des cheveux noirs comme l'ébène ; ce qui fit qu'on la nomma Blanche-Neige[1]. Et lorsque l'enfant eut vu le jour, la reine mourut.

Un an après, le roi prit une autre femme. Elle était belle, mais fière et hautaine à ne pouvoir souffrir qu'aucune autre la surpassât en beauté. Elle avait un miroir merveilleux ; et quand elle se mettait devant lui pour s'y mirer, elle disait :

« Petit miroir, petit miroir,

Quelle est la plus belle de tout le pays ? »

Et le miroir répondait :

« Madame la reine, vous êtes la plus belle. »

1. En allemand : *Schneewittchen* ou *Schneeweisschen*

Alors elle était contente, car elle savait que le miroir disait la vérité.

Mais Blanche-Neige grandissait et devenait toujours plus belle ; et quand elle eut sept ans, elle était aussi belle que le jour, plus belle que la reine elle-même. Comme celle-ci demandait une fois à son miroir :

« Petit miroir, petit miroir,

Quelle est la plus belle de tout le pays ? »

Il lui répondit aussitôt :

« Madame la reine, vous êtes la plus belle *ici*,

Mais Blanche-Neige est mille fois plus belle que vous. »

La reine, consternée, devint livide de rage et d'envie. Depuis ce moment, la vue de Blanche-Neige lui bouleversa le cœur, tant la petite fille lui inspirait de haine. L'envie et la jalousie ne firent que croître en elle, et elle n'eut plus de repos ni jour ni nuit. Enfin, elle fit venir son chasseur et lui dit : « Portez l'enfant dans la forêt ; je ne veux plus l'avoir devant les yeux ; là, vous la tuerez et vous m'apporterez son foie et ses poumons, comme preuve de l'exécution de mes ordres. »

Le chasseur obéit et emmena l'enfant avec lui ; et quand il eut tiré son couteau de chasse pour percer le cœur de l'innocente Blanche-Neige, voilà que la petite fille commença à pleurer et dit :

« Ah ! mon bon chasseur, laisse-moi la vie ! Je courrai dans la forêt sauvage et ne reviendrai jamais. »

Elle était si belle que le chasseur eut pitié d'elle et dit :

« Va, pauvre enfant ! »

Il pensait en lui-même :

« Les bêtes féroces vont te dévorer bientôt. »

Pourtant, il se sentit le cœur soulagé d'un grand poids à l'idée qu'il avait pu se dispenser de l'égorger. Et comme il vit courir devant lui un marcassin, il le tua, en prit le foie et les poumons, s'en fut les présenter à la reine, qui les fit bien assaisonner et cuire : et la méchante femme crut manger la chair et le sang de Blanche-Neige.

Pendant ce temps, la pauvre enfant errait toute seule dans l'épaisse forêt, et elle avait si grand peur qu'elle regardait d'un air inquiet tous les arbres et toutes les feuilles, ne sachant où trouver du secours. Puis elle se mit à courir sur les pierres pointues et sur les épines, et les bêtes féroces bondissaient à côté d'elle, mais sans lui faire aucun mal. Elle courut aussi longtemps que ses pieds purent la porter, jusqu'à la brune, et elle aperçut alors une petite cabane où elle entra pour se reposer. Tout dans cette cabane était petit, mais si gentil et si propre qu'on ne saurait le décrire. Il y avait une petite table recouverte d'une nappe blanche avec sept petites assiettes, chaque assiette avec sa petite cuiller, puis sept petits couteaux, sept petites fourchettes et sept petits gobelets. Contre le mur, il y avait sept petits lits l'un à côté de l'autre, couverts de draps blancs comme la neige.

Blanche-Neige avait très faim et très soif ; elle mangea une cuillerée de légumes avec une bouchée de pain dans chaque assiette, et but dans chaque gobelet une goutte de vin, car elle ne voulait pas prendre une seule part tout entière. Puis, comme elle était fatiguée, elle essaya de se coucher dans un des petits lits; mais l'un était trop long, l'autre trop petit, et enfin il n'y eut que le septième qui fût à sa taille; elle y resta donc, fit sa prière et s'endormit.

La nuit venue, les maîtres de la cabane arrivèrent ; c'étaient des nains qui cherchaient de l'airain et de l'or dans les montagnes. Ils allumèrent leurs petites lampes, et quand le logis fut éclairé, ils virent bientôt que quelqu'un avait passé par là, car tout n'était plus dans le même ordre où ils l'avaient laissé.

Le premier dit :

« Qui s'est assis sur ma chaise ? »

Le deuxième :

« Qui a mangé dans mon assiette ? »

Le troisième :

« Qui a pris de mon pain ? »

Le quatrième :

« Qui a touché à mes légumes ? »

Le cinquième :

« Qui a piqué avec ma fourchette ? »

Le sixième :

« Qui a coupé avec mon couteau ? »

Et le septième :

« Qui a bu dans mon gobelet ? »

Puis le premier se retourna et il vit que son lit était un peu affaissé.

« Qui s'est couché dans mon lit ? » dit-il.

Et les autres d'accourir et dire :

« Dans le mien aussi, il y a eu quelqu'un. »

Mais le septième, en regardant son lit, aperçut Blanche-Neige qui y était couchée et dormait. Il appela ses frères, qui se hâtèrent de venir et se récrièrent d'étonnement et chacun fut chercher sa lampe pour mieux contempler Blanche-Neige.

« Ah ! mon Dieu, ah ! mon Dieu, répétaient les nains, que cette enfant est belle ! »

Ils étaient ravis de l'admirer et se gardèrent bien de l'éveiller ; le septième nain dormit une heure dans le lit de chacun de ses compagnons jusqu'au point du jour. Le matin, quand Blanche-Neige sortit de son sommeil, elle vit les petits hommes et fut effrayée. Mais ils se montrèrent fort aimables et lui demandèrent son nom.

— Je me nomme Blanche-Neige, dit-elle.

— Par quel hasard, reprirent les nains, es-tu venue dans notre maison ?

Alors elle leur conta son histoire : comment sa belle-mère avait voulu la faire tuer, comment le chasseur l'avait épargnée, et comment elle avait couru tout le jour jusqu'à ce qu'elle rencontrât la petite cabane. Les nains lui dirent :

« Veux-tu faire notre ménage, les lits, la cuisine, coudre, laver, tricoter ? En ce cas, nous te garderons avec nous et tu ne manqueras de rien. »

Blanche-Neige leur promit tout ce qu'ils désiraient et resta chez eux. Elle vaquait aux soins du ménage. Le matin, les nains s'en allaient pour chercher dans les montagnes de l'airain et de l'or ; le soir, ils rentraient au logis, où le dîner devait se trouver prêt. Toute la journée la jeune fille était seule, et ils l'avertissaient en partant de se tenir sur ses gardes : « Car, disaient les bons petits hommes, ta marâtre saura bientôt que tu es ici ; n'ouvre à personne ! »

Cependant, la reine qui croyait avoir mangé la chair et le sang de Blanche-Neige, pensait bien être de nouveau la plus belle femme du pays ; et pour en avoir l'assurance, elle se mit devant son miroir et lui dit :

« Petit miroir, petit miroir,

Quelle est la plus belle de tout le pays ? »

Aussitôt le miroir de répondre :

« Madame la reine, vous êtes la plus belle *ici*,

Mais Blanche-Neige au-delà des montagnes,

Chez les sept petits nains,

Est mille fois plus belle que vous. »

La reine pâlit de colère ; elle savait que le miroir ne mentait pas, et elle reconnut que le chasseur l'avait trompée et que Blanche-Neige vivait encore. Elle songea derechef aux moyens de la tuer ; car aussi longtemps qu'elle ne serait pas la plus belle, elle sentait qu'elle n'aurait pas de repos. Enfin, elle imagina de se grimer le visage et de s'habiller en vieille marchande, de façon à se rendre méconnaissable. Ainsi déguisée, elle alla dans les sept montagnes, chez les sept nains, frappa à la porte de la cabane et cria :

— De belles marchandises ! Achetez, achetez !

Blanche-Neige regarda par la fenêtre et dit :

— Bonjour, ma bonne femme ; que vendez-vous là ?

— De bonnes marchandises, de belles marchandises, reprit l'autre, des lacets de toutes les couleurs !

Et elle tira de sa boîte un lacet tressé de soies de diverses couleurs.

« Je peux laisser entrer cette brave femme », pensa Blanche-Neige.

Et tirant le verrou de la porte, elle ouvrit à la vieille et lui acheta le beau lacet.

« Enfant, dit la vieille, de quelle façon êtes-vous lacée ? Je vais vous montrer comment il faut faire. »

Blanche-Neige, sans aucun soupçon, se plaça devant elle, et se fit lacer avec le nouveau lacet ; mais la vieille le serra si fort que la jeune fille en perdit la respiration et tomba comme morte.

« Maintenant, tu as fini d'être la plus belle », dit la marâtre, et elle s'en alla au plus vite.

Vers le soir, les sept nains revinrent à la cabane, mais quel ne fut pas leur trouble en apercevant leur chère Blanche-Neige étendue par terre sans mouvement et comme inanimée ! Ils la relevèrent, et quand ils eurent vu le lacet qui l'étranglait, ils le coupèrent ; alors elle commença à respirer faiblement et revint à elle peu à peu. Les nains écoutèrent le récit de ce qui s'était passé et dirent :

« La vieille marchande n'était autre que la reine ; prends garde de n'ouvrir à personne, désormais, en notre absence. »

La méchante reine, dès qu'elle fut de retour chez elle, alla droit à son miroir et lui demanda :

« Petit miroir, petit miroir,

Quelle est la plus belle de tout le pays ? »

Et le miroir magique de répondre :

« Madame la reine, vous êtes la plus belle *ici*,

Mais Blanche-Neige, au-delà des montagnes,

Chez les sept petits nains,

Est mille fois plus belle que vous. »

Lorsque la reine entendit cela, tout son sang se porta au cœur, tant sa colère fut violente à l'idée que Blanche-Neige était en vie.

« À présent, dit-elle, il faut que je trouve un moyen infaillible de la perdre ! »

Et, avec son art de sorcière, elle fabriqua un peigne empoisonné. Puis elle se déguisa de nouveau, sous la figure d'une autre vieille bohémienne. Elle s'en fut par les sept montagnes, chez les sept nains, frappa à la porte, et dit :

— Bonnes marchandises à vendre ! Achetez !

Blanche-Neige regarda par la fenêtre ; mais elle répondit :

— Je ne dois faire entrer personne ; passez votre chemin.

— On vous permettra bien de regarder seulement, repartit la vieille, qui tira le peigne empoisonné et le mit sous les yeux de la jeune fille.

Il plut tellement à celle-ci qu'elle se laissa entraîner à ouvrir la porte. Lorsqu'elle eut acheté le peigne, la vieille dit :

« Attends je vais te peigner comme il faut. »

La pauvre Blanche-Neige, sans nulle méfiance, laissa faire la vieille ; mais à peine avait-elle entré le peigne dans les cheveux de sa victime, que le poison commença à agir, et que la jeune fille tomba roide par terre, comme frappée de mort.

« Eh bien, ma belle, dit la vieille en ricanant ; cette fois c'en est fait de toi ! »

Puis elle sortit.

Par bonheur, le soir approchait, et c'était l'heure du retour des nains. En voyant Blanche-Neige étendue ainsi, ils pensèrent tout de suite à sa belle-mère et cherchèrent partout la cause de ce qui venait d'arriver. Ils mirent la main sur le peigne empoisonné, et, à peine l'eurent-ils retiré, que Blanche-Neige reprit connaissance et raconta ce qui avait eu lieu. Les nains lui recommandèrent plus vivement que jamais de ne laisser pénétrer personne jusqu'à elle.

Tandis que la charmante enfant triomphait pour la troisième fois de ses embûches, la reine, dans son palais, consultait le miroir suspendu au mur :

« Miroir, petit miroir,

Quelle est la plus belle de tout le pays ? »

Et comme naguère il répondait :

« Madame la reine, vous êtes la plus belle *ici*,
Mais Blanche-Neige, au-delà des montagnes,
Chez les sept petits nains,
Est mille fois plus belle que vous. »

Lorsque la marâtre entendit cette nouvelle réponse, elle trembla de fureur.

« Blanche-Neige mourra, s'écria-t-elle, quand il devrait m'en coûter la vie ! »

Puis elle s'enferma dans une chambre secrète où personne n'entrait, et y prépara une pomme empoisonnée, superbe à voir, blanche et rose de peau, fraîche à croquer ; cette pomme avait le pouvoir de tuer quiconque en goûterait un morceau. Lorsqu'elle l'eut bien apprêtée, la reine se peignit la figure, et, déguisée en paysanne, retourna dans les sept montagnes, au pays des sept nains. Parvenue à la cabane où demeurait Blanche-Neige, elle frappa, et la jeune fille mit la tête à la fenêtre.

— Je ne dois laisser entrer personne, dit-elle, les nains me l'ont défendu.

— Soit ! répliqua la paysanne, cela m'est égal ; on m'achètera mes pommes ailleurs ; tenez, en voici une, je vous la donne.

— Non, dit Blanche-Neige, je ne dois rien prendre.

— Auriez-vous peur de quelque poison ? dit la vieille ; regardez, voici ma pomme coupée en deux moitiés : mangez la rouge, moi je mangerai la blanche.

Mais la pomme était préparée avec tant d'art que le côté rouge seul était empoisonné. Blanche-Neige avait envie de la belle pomme, et lorsque la paysanne se mit à en manger la moitié, la pauvre petite ne put y tenir davantage ; elle tendit la main et prit la moitié où se trouvait le poison. À peine ses lèvres s'y furent-elles posées, qu'elle tomba morte sur le sol. La reine la considéra avec des yeux terribles, rit aux éclats et dit :

« Blanche comme neige ! Rouge comme sang ! Noire comme l'ébène ! Cette fois-ci les nains ne te réveilleront point ! »

Et lorsqu'elle interrogea son miroir, selon sa formule habituelle :

« Petit miroir, petit miroir,
Quelle est la plus belle de tout le pays ? »

Il répondit enfin :

« Madame la reine, la plus belle, c'est vous ! »

Alors, le cœur envieux de la marâtre fut satisfait, autant que peut l'être un cœur envieux.

Les nains, en arrivant à la maison, le soir, trouvèrent Blanche-Neige étendue encore une fois par terre, sans haleine et sans mouvement. Ils la relevèrent, cherchèrent la cause de ce nouveau malheur, la desserrèrent, peignèrent ses cheveux, et lui lavèrent le visage avec de l'eau et du vin ; mais rien n'y fit : la pauvre enfant était morte et resta morte.

Ils la couchèrent dans une bière et se mirent tous les sept autour d'elle, veillant et pleurant pendant trois jours. Puis ils voulurent l'enterrer ; mais elle avait si bien l'air d'une personne vivante, tant ses joues étaient fraîches et roses, qu'ils se dirent :

« Nous ne pouvons la mettre dans la terre noire. »

Ils lui firent un cercueil de verre pour qu'on pût la voir de tous côtés, l'ensevelirent dedans et écrivirent dessus en lettres d'or, qu'elle était *fille de roi*, et se nommait *Blanche-Neige*. Ensuite ils placèrent le cercueil sur le haut de la montagne, et l'un d'eux restait toujours auprès d'elle pour la garder. Les oiseaux vinrent aussi pleurer Blanche-Neige ; le premier fut un hibou, le deuxième un corbeau, et le troisième une colombe.

Blanche-Neige était ainsi depuis bien longtemps dans son cercueil et ne changeait pas de figure, ne semblant toujours qu'endormie, car elle était toujours blanche comme neige, avec des joues rouges comme du sang, sous ses beaux cheveux noirs comme l'ébène.

Or, il advint qu'un fils de roi, allant par la forêt, arriva chez les nains pour y passer la nuit. Il vit Blanche-Neige couchée dans le cercueil de verre sur la montagne, et lut ce qui s'y trouvait écrit en lettres d'or. Alors il dit aux nains :

— Livrez-moi ce cercueil, je vous donnerai ce que vous voudrez. »

Mais les nains répondirent :

— Nous ne le livrerions pas pour tout l'or du monde !

— Eh bien, reprit-il d'un ton suppliant, faites-m'en présent ; car je ne peux plus vivre sans voir Blanche-Neige.

Les bons petits nains, touchés de ses prières, eurent pitié de lui et lui permirent d'emporter le cercueil. Les gens du prince le soulevèrent sur leurs épaules ; mais, ayant heurté du pied une grosse racine, ils tombèrent, et par l'effet du choc, le cœur de la pomme sortit du gosier de Blanche-Neige. Presque aussitôt, elle rouvrit les yeux, se redressa et dit :

— Mon Dieu ! où suis-je ?

— Avec moi qui t'aime plus que tout au monde ! s'écria le fils de roi plein de joie.

Et il lui raconta ce qui s'était passé.

« Viens avec moi dans le château de mon père, dit-il, et tu seras ma femme. »

Et Blanche-Neige sentit bien qu'elle l'aimait aussi, et elle s'en fut avec lui, et la noce fut préparée en grande pompe.

On n'oublia pas d'inviter la méchante belle-mère à la fête. Lorsqu'elle se fut parée de ses plus riches atours, elle se mit devant son petit miroir et dit :

« Petit miroir, petit miroir,

Quelle est la plus belle de tout le pays ? »

Le miroir répondit :

« Madame la reine, vous êtes la plus belle *ici*,

Mais la jeune reine est plus belle que vous ! »

La méchante femme se récria de fureur ; dans son trouble, elle ne savait plus que faire. Tout d'abord, elle ne voulait plus aller à la noce ; mais bientôt elle changea de résolution et n'eut point de repos qu'elle ne fût partie pour voir la jeune reine.

Et lorsqu'elle entra, elle reconnut Blanche-Neige et resta immobile de terreur et d'angoisse.

Mais on avait déjà mis des pantoufles de fer sur un feu de charbons ardents, et on les apporta toutes brûlantes : il lui fallut chausser ces pantoufles rougies au feu et danser avec, elle fut condamnée à danser jusqu'à ce qu'elle eût les pieds consumés et tombât roide morte.

HÄNSEL ET GRETHEL

Traduction de Charles Deulin

Il y avait une fois un pauvre bûcheron qui demeurait au coin d'un bois avec sa femme et ses deux enfants : un garçon qui s'appelait Hänsel et une fille du nom de Grethel.

Ils avaient peu de chose à se mettre sous la dent, et une année qu'il vint une grande cherté de vivres il fut impossible à l'homme de gagner le pain quotidien.

Une nuit qu'il se tournait et se retournait dans son lit sous le poids des tourments, il dit à sa femme :

— Qu'allons-nous devenir ? Comment nourrir nos pauvres enfants, lorsque nous n'avons plus rien pour nous-mêmes ?

— Sais-tu, mon homme, ce qu'il faut faire ? répondit la femme. Demain, à la première heure, nous conduirons nos enfants dans la forêt, là où elle est la plus épaisse. Nous leur ferons du feu et nous donnerons à chacun un morceau de pain. Nous retournerons ensuite à notre travail, et les laisserons tout seuls. Ils ne retrouveront pas le chemin de la maison et nous en serons débarrassés.

— Non, femme, je ne ferai pas cela. Je n'aurai jamais le cœur de laisser mes enfants seuls dans le bois : les bêtes sauvages les auraient bientôt dévorés.

— Idiot ! répliqua la femme. En ce cas nous mourrons de faim tous les quatre. Tu peux raboter les planches pour les cercueils !

Et elle ne lui laissa point de repos qu'il n'eût consenti.

21

« Ces pauvres enfants me font pitié tout de même », disait l'homme à part lui.

Tourmentés par la faim, les deux enfants ne pouvaient s'endormir : ils avaient entendu ce que la belle-mère disait à leur père. Grethel pleurait amèrement. Elle dit à Hänsel :

— C'en est fait de nous !

— Tais-toi, répondit Hänsel. Ne te chagrine pas : je saurai nous tirer de là.

Et lorsque les vieux furent endormis, il se leva, mit sa petite veste, ouvrit le bas de la porte et se glissa dehors.

La lune était claire et luisante devant la maison, les cailloux blancs brillaient comme des pièces d'argent. Hänsel se baissa et en emplit ses poches, ensuite il revint et dit à Grethel :

— Console-toi, chère petite sœur, et dors en paix : Dieu ne nous abandonnera pas.

Et il se recoucha dans son lit. Au point du jour, avant le lever du soleil, la femme vint réveiller les deux enfants.

— Levez-vous, paresseux, dit-elle : nous allons fagoter dans la forêt.

Alors elle donna à chacun un petit morceau de pain et dit :

— Voilà votre déjeuner, mais ne le mangez pas tout de suite, car vous n'aurez rien de plus.

Comme Hänsel avait ses poches pleines de cailloux, Grethel mit le pain dans son tablier ; après quoi ils prirent tous le chemin de la forêt.

Quand ils eurent marché un instant, Hänsel s'arrêta et jeta un regard en arrière sur la maison ; il répéta plusieurs fois ce mouvement.

— Qu'est-ce que tu regardes ? lui dit le père, et pourquoi restes-tu en arrière ? Prends garde et ne laisse pas traîner tes jambes.

— Oh ! père, répondit Hänsel. Je regarde mon petit chat blanc qui est posé au haut du toit et qui veut me dire adieu.

— Nigaud ! répliqua la femme. Ce n'est point ton petit chat, c'est le soleil du matin qui brille sur la cheminée.

Hänsel ne regardait pas son petit chat, mais il laissait tomber un petit caillou blanc de sa poche sur le chemin. Quand ils furent arrivés au milieu de la forêt, le père dit :

— Mes enfants, ramassez du bois, je vais allumer du feu pour que vous n'ayez pas froid.

Hänsel et Grethel en eurent bientôt ramassé un petit tas. Quand les ramilles furent allumées et que la flamme s'éleva très haut, la femme dit :

— Mes enfants, couchez-vous près du feu et reposez-vous. Nous allons couper du bois. Quand nous aurons fini, nous viendrons vous reprendre.

Hänsel et Grethel s'assirent près du feu et, lorsqu'il fut midi, ils mangèrent chacun leur morceau de pain. Comme ils entendaient les coups de hache, ils croyaient que leur père travaillait dans le voisinage. Mais ce n'était pas le bruit de la hache qu'ils entendaient, c'était celui d'une branche que leurs père et mère avaient attachée à un arbre mort et qui le frappait sous l'effet du vent.

À force de rester assis à la même place, ils fermèrent les yeux de fatigue et s'endormirent. Quand ils se réveillèrent, il faisait nuit noire. Grethel se mit à pleurer et dit :

— Comment allons-nous sortir de la forêt ?

Hänsel la consola.

— Attends un petit moment que la lune soit levée, nous trouverons bien le chemin.

Et quand la pleine lune fut levée, Hänsel prit sa sœur par la main et il suivit les petits cailloux qui brillaient comme des pièces d'argent toutes neuves et leur montraient la route.

Ils marchèrent toute la nuit et, au point du jour, ils arrivèrent à la maison paternelle. Ils heurtèrent à la porte. La femme ouvrit et, en voyant que c'étaient Hänsel et Grethel, elle s'écria :

— Mauvais enfants, pourquoi avez-vous dormi si longtemps dans la forêt ? Nous avons cru que vous ne vouliez plus revenir.

Le père, lui, était enchanté, car il avait le cœur gros de les avoir abandonnés.

Peu après, ils manquèrent encore de tout, et, la nuit, les enfants entendirent la mère qui disait dans le lit au père :

— Voilà qu'encore une fois tout est mangé : nous n'avons plus que la moitié d'un pain et après ce sera fini de rire. Il faut nous débarrasser des enfants. Nous allons les mener plus au fond dans la forêt pour qu'ils ne retrouvent jamais la route. Sans cela nous sommes perdus.

L'homme avait le cœur serré : il pensait qu'il valait mieux partager le dernier morceau avec ses enfants ; mais loin de l'écouter, la femme l'injuriait et l'accablait de reproches.

Quand on a dit A, il faut dire B, et, parce qu'il avait cédé la première fois, il fallait bien qu'il cédât la seconde. Les enfants étaient encore éveillés et avaient entendu cette conversation.

Lorsque les vieux furent endormis, Hänsel se leva et voulut sortir pour ramasser de petits cailloux comme auparavant. Par malheur, la femme avait fermé la porte et Hänsel ne pouvait pas sortir. Il consolait sa petite sœur et lui disait :

— Ne pleure pas, Grethel, et dors tranquille : le bon Dieu nous aidera.

Le matin, de bonne heure, la femme arriva et fit lever les enfants. Ils reçurent leur petit morceau de pain, qui était plus petit encore que la première fois. En marchant vers la forêt, Hänsel émietta le pain dans sa poche et souvent il s'arrêta pour jeter les miettes à terre.

— Hänsel, pourquoi t'arrêtes-tu et regardes-tu derrière toi ? disait le père ; continue ton chemin.

— Je regarde mon petit pigeon qui est posé sur le toit et qui veut me dire adieu, disait Hänsel.

— Nigaud ! répondait la femme. Ce n'est pas ton petit pigeon, c'est le soleil du matin qui brille sur la cheminée.

Hänsel jeta toujours son pain petit à petit sur le chemin.

La femme mena ses enfants si avant dans la forêt, que de leur vie ils n'avaient pénétré jusque-là. On y alluma encore un grand feu, et la mère dit :

— Mes enfants, restez là assis, et, quand vous serez fatigués, vous pourrez dormir un peu. Nous allons plus loin couper du bois, et, le soir, sitôt que nous aurons fini, nous viendrons vous reprendre.

Lorsqu'il fut midi, Grethel partagea son petit morceau de pain avec Hänsel, qui avait semé le sien le long de la route. Ils s'endormirent ensuite, le soir arriva et personne ne vint chercher les pauvres enfants. Ils se réveillèrent au milieu des ténèbres de la nuit, et Hänsel consola sa petite sœur en disant :

— Attends, Grethel, que la lune se lève. Nous pourrons voir alors les miettes de pain que j'ai semées et qui nous indiqueront le chemin de la maison.

Quand la lune brilla, ils se mirent en route, mais ils ne trouvèrent plus une seule miette. Elles avaient été mangées par les milliers d'oiseaux qui voltigeaient dans la forêt et dans les champs. Hänsel dit à Grethel :

— Nous trouverons bien le chemin.

Mais ils ne le trouvaient pas.

Ils marchèrent toute la nuit et la journée suivante, du matin au soir, sans sortir de la forêt. Ils avaient grand faim, car ils ne vivaient que de prunelles, et, comme ils étaient si fatigués que leurs jambes ne voulaient plus les porter, ils se couchèrent sous un arbre et s'endormirent.

Le lendemain matin, il y avait trois jours qu'ils étaient sortis de la maison paternelle. Ils recommencèrent à marcher, mais ils ne faisaient que s'enfoncer de plus en plus dans la forêt. S'il ne leur arrivait bientôt du secours, ils ne pouvaient manquer de périr.

Quand vint midi, ils virent un joli petit oiseau, blanc comme neige, perché sur une branche et qui chantait si bien qu'ils s'arrêtèrent pour l'écouter. Son chant fini, il battit des ailes et voltigea devant eux. Ils le suivirent et bientôt ils le virent se poser sur le toit d'une petite maison.

Ils s'approchèrent et reconnurent que cette maisonnette était faite de pain et couverte en gâteau. Les fenêtres étaient de sucre transparent.

— Nous allons, dit Hänsel, dîner comme en paradis. Moi, je vais manger un morceau de la toiture, et toi, Grethel, tu mangeras un morceau de la fenêtre : c'est plus sucré.

Hänsel leva la main et cassa un morceau du toit pour le goûter ; Grethel s'approcha de la fenêtre et frappa dessus à petits coups. Alors il sortit de la chambre une petite voix grêle.

— Qui frappe, qui frappe, qui frappe ?

Qui frappe à ma petite maison ?

Les enfants répondirent :

— Le vent, le vent,

L'enfant de Dieu !

Ils continuèrent à manger comme si de rien n'était. Hänsel, qui trouvait le toit à son goût, en arracha un grand morceau, et Grethel cassa tout un carreau de vitre. Ils s'assirent et se régalèrent.

Soudain la porte s'ouvrit et il apparut une fort vieille femme qui s'appuyait sur une béquille. Hänsel et Grethel furent saisis d'un tel effroi qu'ils laissèrent choir ce qu'ils tenaient à la main. La vieille branla du chef et dit :

— Ah ! mes chers enfants, qui vous a amenés ici ? Entrez et restez avec nous : il ne vous arrivera aucun mal.

Elle les prit tous les deux par la main et les introduisit dans sa petite maison. On leur servit un bon repas, qui se composait de lait, de crêpes sucrées, de pommes et de noisettes ; puis on leur apprêta deux jolis petits lits couverts de draps blancs. Hänsel et Grethel se couchèrent, croyant être dans le ciel.

La vieille qui les traitait si bien était une méchante sorcière. C'est dans le but d'attirer les enfants qu'elle avait fait construire en pain cette maisonnette. Lorsqu'un enfant tombait en son pouvoir, elle le tuait, le faisait bouillir, le mangeait, et c'était pour elle un grand régal.

Les sorcières ont les yeux rouges et la vue courte, mais elles ont le nez fin comme les animaux et sentent l'approche des hommes. Quand Hänsel et Grethel s'avançaient vers la maison, la sorcière riait d'un mauvais rire : « Je les tiens, se disait-elle, ils ne peuvent m'échapper. »

Le matin, de bonne heure, avant que les enfants fussent réveillés, elle se leva ; tandis qu'ils reposaient si gentiment, avec leurs joues pleines et roses, elle se disait tout bas : « Cela va me faire un repas succulent. »

De sa main sèche elle saisit Hänsel, le porta dans une petite écurie et l'y enferma. Il eut beau crier, rien n'y fit. Elle s'approcha ensuite de Grethel et la secoua pour la réveiller.

— Lève-toi, paresseuse ; va chercher de l'eau et fais une bonne soupe pour ton frère. Je l'ai mis à l'écurie pour l'engraisser. Quand il sera à point, je le mangerai.

Grethel pleura amèrement, mais ce fut en vain, il fallut obéir à la sorcière. On servait à Hänsel les meilleurs repas et à Grethel on ne donnait que des têtes d'écrevisse. Tous les matins, la vieille allait à la petite écurie et criait :

— Hänsel, montre tes doigts que je juge si tu es bientôt assez gras.

Hänsel lui montrait un petit os ; la vieille, à cause de sa mauvaise vue, ne s'apercevait pas du tour et prenait l'os pour le doigt d'Hänsel. Elle s'étonnait qu'il n'engraissât point davantage.

Au bout de quatre semaines, comme Hänsel restait toujours maigre, elle perdit patience et ne voulut pas attendre plus longtemps.

— Hé ! Grethel, cria-t-elle à la petite fille. Dépêche-toi d'apporter de l'eau. Qu'Hänsel soit gras ou maigre, je veux demain l'égorger et le faire cuire.

La pauvre fille pleurait d'être forcée d'aller quérir de l'eau. Les larmes coulaient le long de ses joues, et elle s'écriait :

— Mon Dieu, venez à mon aide. Si les bêtes féroces nous avaient mangés dans la forêt, du moins nous serions morts ensemble.

— Cesse de gémir, disait la vieille : cela ne t'avance à rien.

Le matin, de bonne heure, il fallut que Grethel remplît d'eau la marmite et la mît sur le feu.

— Avant tout, nous allons faire cuire le pain, dit la vieille. J'ai chauffé le four et préparé la pâte.

Et elle poussa dehors la pauvre Grethel vers le four d'où sortaient des flammes.

— Grimpe dedans, disait-elle, et vois si le four est bien chaud, pour que nous puissions y mettre le pain.

Une fois Grethel dedans, la sorcière voulait fermer le four, afin que l'enfant y rôtît et qu'elle pût la manger. Mais Grethel se douta de son dessein.

— Je ne sais, dit-elle, comment faire pour y entrer.

— Petite buse ! répondit la vieille. Tu vois bien que l'ouverture est assez grande : je pourrais y entrer moi-même.

Et elle tournait autour du four et y avançait sa tête. Grethel lui donna une si forte poussée qu'elle l'y enfonça tout au fond. Elle ferma aussitôt la porte de fer et y mit le verrou. La vieille hurla effroyablement, mais Grethel s'enfuit et la sorcière fut brûlée vive.

La petite fille courut droit à l'écurie, en ouvrit la porte et cria :

— Hänsel, nous sommes délivrés ! La vieille sorcière est morte.

Hänsel sauta dehors aussi vite qu'un oiseau, quand on ouvre la porte de sa cage.

Ce fut une grande joie : les deux enfants se jetèrent au cou l'un de l'autre et s'embrassèrent tendrement. Comme ils n'avaient plus peur, ils parcoururent la maison de la sorcière. Ils trouvèrent dans tous les coins des caisses remplies de perles et de pierreries.

— Cela vaut mieux que les petits cailloux, disait Hänsel, et il en bourrait ses poches.

— Moi aussi, disait Grethel, je veux rapporter quelque chose à la maison, et elle emplissait son tablier.

— Et maintenant, dit Hänsel, nous allons voir à sortir de cette forêt de sorcières.

Quand ils eurent marché durant quelques heures, ils arrivèrent à un grand lac.

— Nous ne pourrons le traverser, dit Hänsel : je ne vois ni pont ni passerelle.

— Il n'y a pas de barque, reprit Grethel ; mais tout là-bas nage un canard blanc. Si je le priais de nous passer ?…

Alors elle cria :

— Canard, canard, voici Grethel et Hänsel ; pas de pont, pas de passerelle ; prends-nous sur ton dos blanc.

Le canard s'approcha : Hänsel s'assit dessus et dit à sa sœur d'en faire autant.

— Non, répondit Grethel, ce sera trop lourd pour le canard. Il nous prendra l'un après l'autre.

Le petit animal le fit. Lorsqu'ils furent arrivés de l'autre côté, il leur sembla qu'ils reconnaissaient l'endroit, et tout à coup ils virent au loin la maison paternelle. Ils se mirent alors à courir ; ils se précipitèrent dans la chambre et sautèrent au cou de leur père.

Cet homme n'avait pas eu une heure de repos depuis qu'il avait abandonné ses enfants dans la forêt ; sa femme d'ailleurs était morte. Grethel vida son tablier : les perles et les pierres précieuses roulèrent par la chambre, et Hänsel en jeta de sa poche à pleines poignées. Dès lors, on n'eut plus de soucis et on vécut en grande joie tous ensemble.

Mon conte est fini. Là court une souris. Qui l'attrape s'en peut faire un bonnet en poil.

LA BELLE AU BOIS DORMANT

Traduction de René Bories

Il y a très longtemps, un roi et une reine s'alanguissaient de n'avoir pas d'enfant. Chaque jour ils se lamentaient :

— Si nous pouvions avoir un enfant !

Mais ils ne pouvaient toujours pas en avoir.

Un jour cependant, alors que la reine était allongée dans son bain, une grenouille coassa dans la prairie et lui parla ainsi :

— Ton vœu sera exaucé, l'an à venir tu mettras au monde une fille.

La prédiction de la Grenouille se réalisa et la reine mit au monde une fille qui était si belle que le roi en fut rempli de joie et fit donner une grande fête. Il ne fit pas seulement inviter la famille, les amis, les connaissances mais encore toutes les femmes sages du royaume pour qui l'enfant aurait de la grâce et de l'importance. Il y en avait treize dans le royaume mais comme il n'y avait que douze assiettes en or dans lesquelles elles devaient manger, l'une d'elle devrait rester chez elle. La fête fut donnée avec faste et, lorsqu'elle se termina, les femmes sages vinrent pour offrir leurs merveilleuses offrandes : une lui offrit la Vertu, une autre la Beauté, la troisième la Richesse et encore tout ce qui peut se souhaiter dans ce monde.

Lorsque la onzième eut prononcé son offrande, entra brusquement la treizième. Elle voulait ainsi se venger de n'avoir pas été invitée et, sans saluer ni regarder personne, elle prononça d'une voix puissante :

— La fille du roi se piquera avec un fuseau lors de sa quinzième année et en tombera morte.

Et sans un mot de plus, elle fit demi-tour et quitta la salle.

Tout le monde en fut atterré lorsque entra la douzième femme sage qui n'avait toujours pas prononcé son offrande. Ne pouvant lever le mauvais sort mais seulement l'adoucir elle annonça :

— Elle ne tombera pas morte mais dans un profond sommeil de cent années.

Le roi, qui voulut protéger sa chère enfant, fit promulguer un décret par lequel tous les fuseaux de son royaume devraient être brûlés.

Les dons des femmes sages furent pleinement exaucés car l'enfant était si belle, modeste, bonne et pleine de bon sens que tous lui témoignaient beaucoup d'amour. Arriva le jour où elle eut précisément quinze ans et durant lequel le roi et la reine se furent absentés du château où la fillette resta seule. Elle se rendit partout pour le plaisir, inspectant les pièces, les chambres et parvint finalement dans une vieille tour. Elle monta les marches en colimaçon et arriva devant une petite porte. Dans la serrure il y avait une vieille clef rouillée et, lorsqu'elle la tourna, la porte s'ouvrit sur une vieille femme assise dans une pièce minuscule et qui filait avec application son lin.

— Bonjour, petite mère, dit la fille du roi, que fais-tu là ?

— Je file, dit la vieille et elle hocha la tête.

— Qu'est-ce que cette chose qui sautille joyeusement ? questionna la fillette qui prit le fuseau et voulut aussi filer.

À peine eut-elle touché le fuseau que le sort fut accompli, elle se piqua le doigt. Dans l'instant où elle ressentit la piqûre elle tomba sur le lit qui se trouvait là et plongea dans un profond sommeil. Et ce sommeil se répandit sur tout le château : le roi et la reine qui venaient d'y revenir entrèrent dans la grande salle et sombrèrent aussi dans le sommeil et toute la cour avec eux.

Les chevaux dans l'écurie, les chiens dans la cour, les colombes sur le toit, les mouches sur le mur, oui, le feu qui faseyait dans l'âtre, tout devint tranquille et s'endormit. Le rôti cessa de brunir et le cuisinier dont l'apprenti avait fait une bêtise et qui voulait lui tirer les cheveux, s'endormit aussi. Même le vent se calma et dans les arbres auprès du château plus une feuille ne bougeait.

Autour du château, une haie d'aubépines commença à croître qui chaque année devenait de plus en plus haute et qui enfin entoura tout le château si bien que l'on ne pouvait plus rien en voir pas même la flamme qui flottait sur le toit.

Alors il courut dans le pays la légende de la Belle au Bois Dormant car c'est ainsi que fut nommée la fille du roi, si bien que tous les fils de roi se rendaient dans le royaume et voulaient fendre la haie vive. Mais c'était impossible car les épines avaient comme des bras qui se tenaient fortement ensemble, les jouvenceaux y restaient accrochés sans pouvoir s'en défaire pour mourir d'une fin atroce.

Bien des années plus tard vint un fils de roi qui entendit un vieil homme raconter l'histoire de la haie d'aubépines derrière laquelle se trouvait un château. Dans celui-ci, une splendide fille de roi qu'on appelait Belle au Bois Dormant y sommeillait depuis cent ans ainsi que le roi, la reine et toute la cour. Le vieil homme tenait de son grand-père que de nombreux fils de roi étaient venus et avaient tenté de franchir la haie mais ils y étaient restés accrochés pour mourir d'une triste fin.

Alors le jouvenceau déclara :

— Je ne crains rien, et je veux voir la Belle au Bois Dormant.

Le vieil homme voulut l'en dissuader mais le jeune homme ne voulut rien écouter.

Cependant les cent années s'étaient écoulées et le jour était venu où la Belle au Bois Dormant devait se réveiller. Alors que le fils du roi s'approchait de la haie d'épines, il y eut de hautes et belles fleurs qui s'écartèrent pour le laisser passer sans le blesser et qui se refermaient de nouveau en haie vive. Dans la cour du château, il vit les chevaux et les chiens de chasse à la robe tachetée allongés et endormis ; sur le toit, les colombes étaient perchées la tête enfouie sous leur aile. Lorsqu'il pénétra dans la bâtisse, les mouches dormaient collées au mur, le cuisinier tendait encore le bras pour se saisir de l'apprenti et la servante était assise devant la poule noire qu'elle devait plumer. Puis il alla dans la grande salle où toute la cour était allongée et était endormie et en haut sur le trône reposaient le roi et la reine. Il poursuivit son chemin, tout était si calme qu'il entendait sa respiration et enfin il entra dans la tour et ouvrit la porte de la petite pièce dans laquelle sommeillait la Belle au Bois Dormant…

Elle gisait là si belle qu'il ne pouvait en détourner les yeux, il se pencha et lui donna un baiser. Alors qu'il l'effleurait de ses lèvres, la Belle au Bois Dormant battit des paupières, se réveilla et le regarda avec affection. Puis ils descendirent ensemble, le roi se réveilla, la reine et toute la cour avec et se regardèrent en ouvrant de grands yeux.

Et les chevaux dans la cour se levèrent et ruèrent ; les chiens de chasse sautèrent et remuèrent la queue ; les colombes sur le toit sortirent la tête de dessous leur aile, regardèrent çà et là puis s'envolèrent vers les champs ; les mouches sur le mur bourdonnèrent à nouveau ; le feu dans l'âtre crépita et reprit sa cuisson ; le rôti reprit sa brunissure ; le cuisinier envoya une taloche à l'apprenti qui se mit à crier ; et la servante finit de plumer la poule.

Enfin les noces du prince avec la Belle au Bois Dormant purent être données avec faste et ils vécurent heureux jusqu'à leurs derniers jours.

CENDRILLON

Traduction de Charles Deulin

Il y avait une fois un homme fort riche dont la femme tomba malade. Se sentant près de sa fin, elle fit venir à son chevet sa fille unique, qui était encore toute petite.

— Ma chère enfant, lui dit-elle, sois toujours bonne et pieuse, et le bon Dieu t'aidera. Quant à moi, je regarderai de là-haut et toujours je serai auprès de toi.

Après quoi, ayant clos ses paupières, elle mourut.

Chaque jour la jeune fille allait pleurer sur la tombe de sa mère, et ainsi elle resta bonne et pieuse. Le cimetière était caché sous la neige comme sous un suaire et, quand il en fut dégagé par le soleil, le père prit une autre femme.

Celle-ci amena dans la maison deux filles blanches et belles de figure, mais noires et laides de cœur. Dès lors, pour la pauvre enfant commença une vie bien dure.

— Qu'est-ce que cette créature fait dans notre chambre ? disaient-elles. Qui veut manger doit gagner son pain ; la place de la servante est à la cuisine.

Elles lui enlevèrent ses beaux habits, la vêtirent d'un vieux casaquin de toile grise et, après l'avoir bien raillée, la menèrent à la cuisine où elle fut forcée de faire les plus gros ouvrages, de se lever avant l'aube, de puiser de l'eau, d'allumer le feu, d'apprêter les repas et la lessive.

Ses sœurs, par-dessus le marché, lui faisaient toutes les niches possibles ; elles se moquaient d'elle et lui répandaient ses pois dans les cendres, pour qu'elle les ramassât.

Le soir, lorsqu'elle était lasse de travailler, elle n'avait pas de lit pour dormir et elle devait se coucher dans les cendres du foyer. Elle paraissait donc toujours sale et poudreuse, et c'est pourquoi on la surnomma *Cendrillon*.

Il arriva qu'un jour son père, allant à la foire, demanda à ses deux belles-filles ce qu'elles voulaient qu'il leur rapportât.

— De belles robes, dit l'aînée.

— Des perles et des diamants, dit la cadette.

— Et toi, Cendrillon, que veux-tu ?

— Que vous me coupiez la première branche qui, à votre retour, touchera votre chapeau.

Il fit donc emplette pour les deux sœurs de superbes robes, de perles et de pierres précieuses, puis, en revenant, comme il traversait un bois, son chapeau fut heurté par une branche de coudrier qui le jeta à terre : il cassa la branche et l'emporta.

De retour au logis, il donna à ses belles-filles les objets qu'elles avaient désirés, et à Cendrillon la branche de coudrier. Après l'avoir remercié, celle-ci s'en fut à la tombe de sa mère, planta la branche et l'arrosa de ses larmes. La branche crût bientôt et devint un arbre superbe.

Trois fois par jour Cendrillon allait prier et pleurer sous son ombre, et chaque fois voletait un petit oiseau qui lui jetait tout ce qu'elle demandait.

Or, il advint que le roi fit préparer une grande fête qui devait durer trois jours. Il y convia toutes les jolies filles du pays, afin que son fils pût faire choix d'une épouse. En apprenant qu'elles étaient de ce nombre, les deux sœurs ne se sentirent pas de joie ; elles appelèrent Cendrillon et lui dirent :

— Arrange bien nos cheveux, cire nos souliers et attache nos boucles : nous allons à la fête que le roi donne au château.

Cendrillon obéit, mais en pleurant ; elle aurait bien voulu aller au bal, et elle supplia sa belle-mère de lui en donner la permission.

— Comment, toi, si sale et si poudreuse, toi, Cendrillon, dit la marâtre, tu veux aller au bal et tu n'as pas même une robe ! Tu veux danser et tu n'as seulement pas de souliers !

Comme la jeune fille ne cessait de la prier, elle lui dit :

— J'ai laissé choir un plat de lentilles dans les cendres : si dans deux heures tu les as ramassées, tu pourras sortir.

Cendrillon s'en alla au jardin et dit :

— Gentils pigeons, tourterelles, et vous tous, oiselets qui volez par les airs, accourez et m'aidez à chercher.

Les bonnes au pot,
Les autres au bec !

Deux blancs pigeons entrèrent dans la cuisine par la fenêtre ; puis arrivèrent les tourterelles et tous les autres menus oiseaux, et ils quêtèrent dans les cendres.

Les pigeons balancèrent leurs petites têtes en faisant *pic, pic, pic* ; les autres aussi firent *pic, pic, pic*, et mirent dans le plat toutes les bonnes graines. En moins d'une heure, ils eurent fini et s'envolèrent.

Cendrillon, toute joyeuse, apporta alors le plat à sa belle-mère. Elle se figurait qu'elle pourrait se rendre au bal, mais la méchante femme lui dit :

— Non, tu ne viendras pas avec nous ; tu n'as pas de robe, et d'ailleurs tu ne sais pas danser.

Comme Cendrillon pleurait, elle ajouta :

— Retire-moi des cendres dans une heure deux plats de lentilles, et tu viendras avec nous.

Persuadée que la pauvre fille n'en sortirait point, elle jeta dans les cendres les deux plats de lentilles. Mais Cendrillon retourna au jardin et dit :

— Gentils pigeons, tourterelles, et vous tous, oiselets qui volez par les airs, accourez et m'aidez à chercher.

Les bonnes au pot,
Les autres au bec !

Et, comme la première fois, deux blancs pigeons entrèrent dans la cuisine par la fenêtre ; puis arrivèrent les tourterelles et tous les autres menus oiseaux qui volent par les airs, et ils quêtèrent dans les cendres.

Les pigeons balancèrent leurs petites têtes en faisant *pic, pic, pic* ; les autres aussi firent *pic, pic, pic*, et mirent dans les plats toutes les bonnes graines. Une demi-heure ne s'était pas écoulée qu'ils avaient fini et s'envolaient.

Cendrillon, toute joyeuse, apporta alors les plats à sa belle-mère. Elle se figurait qu'elle pourrait se rendre au bal, mais la marâtre lui dit :

— C'est inutile, tu ne viendras pas avec nous ; tu n'as pas de robe, tu ne sais pas danser et nous rougirions de toi.

Sur quoi elle tourna le dos et partit avec ses deux insolentes filles. Une fois seule à la maison, Cendrillon s'en fut à la tombe de sa mère, sous le coudrier, et dit :

— Petit arbre, balance-toi et secoue-toi,
Jette de l'or et de l'argent sur moi !

L'oiselet alors lui donna une robe d'or et d'argent avec des pantoufles brodées d'or et de soie.

Elle mit la belle robe et alla à la fête ; ni ses sœurs ni sa belle-mère ne la reconnurent : elles crurent voir une princesse étrangère, tant elle était éblouissante dans sa robe magnifique. Elles ne pensaient guère à Cendrillon, qu'elles avaient laissée au logis dans les cendres.

Le fils du roi alla au-devant de la dame inconnue, lui offrit la main et dansa avec elle. Il ne voulut même pas en faire danser d'autres ce jour-là ; il garda toujours la main de la jeune fille et, quand on la venait inviter, il répondait :

— Celle-ci danse avec moi.

Après avoir dansé jusqu'au soir, elle songea à se retirer.

— Je vais vous reconduire, lui dit le prince.

Il brûlait de savoir qui était cette charmante jeune fille ; mais elle s'échappa et sauta dans le pigeonnier. Le prince attendit l'arrivée du père et lui montra l'endroit où s'était cachée l'étrangère.

« Si c'était Cendrillon ! » se dit le père. Il se fit apporter une hache, brisa le pigeonnier et n'y trouva personne. Quand tous les deux entrèrent en la maison, Cendrillon était accroupie dans les cendres, avec son vieux casaquin gris et une petite lampe achevant de brûler sur le foyer.

Cendrillon était descendue rapidement de l'autre côté et avait couru au coudrier. Aussitôt, ôtant sa belle robe, elle l'avait déposée sur la tombe où l'oiseau la reprit ; ensuite elle s'était replacée dans les cendres avec son vieux casaquin.

La fête continua le lendemain, et, lorsque son père, sa mère et ses belles-sœurs furent partis, la jeune fille s'en alla sous le coudrier :

— Petit arbre, balance-toi et secoue-toi,
Jette de l'or et de l'argent sur moi !

L'oiselet alors lui fit don d'une robe plus étincelante encore que la précédente et, quand elle apparut dans le bal parée de cette robe, chacun fut émerveillé de sa beauté.

Le prince, qui l'attendait, la prit aussitôt par la main et ne dansa qu'avec elle. Lorsqu'on s'approchait pour l'inviter, il disait :

— Celle-ci danse avec moi.

Le soir venu, elle parla de s'en retourner, et le fils du roi lui offrit de l'accompagner, afin de voir où elle irait ; mais elle lui échappa dans le jardin, derrière la maison.

Il s'y trouvait un superbe poirier tout couvert de belles poires. Cendrillon y grimpa leste comme un écureuil, si bien que le prince ne sut pas où elle s'était cachée. Il attendit pourtant le retour du père et lui dit :

— L'étrangère m'a encore échappé, et je crois bien qu'elle a grimpé sur le poirier.

« Si c'était Cendrillon ! » se dit de nouveau le père. Il envoya quérir une hache et coupa l'arbre ; mais on n'y trouva personne. Et, quand ils entrèrent dans la cuisine, Cendrillon, comme d'habitude, était accroupie dans les cendres, car elle s'était dépêchée de rendre sa belle robe à l'oiselet du coudrier et avait repris son casaquin gris.

Le surlendemain, après avoir vu partir ses sœurs et ses parents, Cendrillon s'en alla à la tombe de sa mère et dit :

— Petit arbre, balance-toi et secoue-toi,

Jette de l'or et de l'argent sur moi !

L'oiselet alors lui jeta une robe d'une richesse telle que la jeune fille n'en avait pas encore vu de semblable, ainsi que des pantoufles en or.

Lorsqu'elle entra dans la salle du bal, tous restèrent muets d'admiration ; le prince ne dansa qu'avec elle seule, et, si quelqu'un l'invitait, il répétait :

— Celle-ci danse avec moi.

Quand vint le soir, elle voulut partir, et le fils du roi offrit de l'accompagner ; mais elle s'enfuit si rapidement qu'il ne put suivre ses pas. Or, le prince s'était avisé d'un artifice : il avait ordonné qu'on mît de la poix sur l'escalier, et la pantoufle de Cendrillon y resta attachée. Le fils du roi s'en empara ; elle était tout en or, aussi charmante que mignonne.

Le jour suivant, il s'en alla chez le père de la fugitive et lui déclara qu'il prendrait pour femme celle qui pourrait chausser la pantoufle d'or. Les deux sœurs furent enchantées, car elles avaient le pied fort petit.

L'aînée s'en fut à sa chambre avec sa mère pour essayer la pantoufle ; mais comme la pantoufle était trop étroite, elle ne réussit pas à y faire entrer l'orteil. La mère alors lui tendit un couteau en disant :

— Coupe l'orteil : lorsque tu seras reine, tu n'iras plus à pied.

La jeune fille se coupa donc l'orteil et le pied put entrer ; ensuite, en cachant sa douleur, elle alla retrouver le prince. Celui-ci la prit en croupe comme sa fiancée et s'en fut avec elle. Mais quand le couple passa devant la tombe sous le coudrier, les deux pigeons, qui y étaient perchés, dirent ensemble :

— Rouck di gouck, rouck di gouck.
Le soulier est rouge de sang,
Le soulier n'est pas assez grand,
La vraie fiancée est encore à la maison !

Le prince aussitôt jeta les yeux sur le pied de sa compagne et vit le sang qui sortait de la pantoufle. Il tourna bride, reconduisit la fausse fiancée à son père et demanda que la seconde sœur essayât la pantoufle d'or.

Celle-ci monta donc à sa chambre, et les cinq doigts du pied entrèrent sans peine dans la pantoufle ; mais le talon était trop gros. Sa mère lui tendit le couteau et dit :

— Coupe le talon : lorsque tu seras reine, tu n'iras plus à pied.

La jeune fille se coupa un morceau du talon, fit entrer ainsi le pied dans la pantoufle et la montra au prince, qui prit sa fiancée en croupe et s'en fut. Mais quand on passa devant la tombe, les deux pigeons qui guettaient sur le coudrier répétèrent :

— Rouck di gouck, rouck di gouck,
Le soulier est rouge de sang,
Le soulier n'est pas assez grand,
La vraie fiancée est encore à la maison !

Et le prince baissa les yeux sur le pied de sa compagne, et vit le sang qui sortait de la pantoufle et qui tachait le bas blanc. Il tourna bride derechef et reconduisit chez elle la fausse fiancée.

— Ce n'est pas encore la fiancée que je veux, dit-il ; est-ce que vous n'avez pas une autre fille ?

— Non, dit le père. Il ne reste que Cendrillon, la fille de ma défunte femme et elle ne saurait être la fiancée.

Le prince voulut qu'on l'allât quérir, mais la belle-mère répondit :

— C'est impossible : elle est beaucoup trop malpropre pour se montrer.

Il exigea qu'on l'amenât et on alla prévenir Cendrillon. Elle se lava la figure et les mains, ensuite elle entra et fit la révérence au prince qui lui présenta la pantoufle d'or.

Elle ôta son gros soulier, posa le pied gauche sur la pantoufle, appuya légèrement et se trouva chaussée à merveille. Elle regarda alors le fils du roi en face, il la reconnut et dit : Voici la vraie fiancée !

La belle-mère et ses filles pâlirent à la fois de peur et de colère. Mais le fils du roi prit la main de Cendrillon et l'emmena sur son cheval. Et quand le jeune couple passa devant le coudrier, les deux pigeons blancs s'écrièrent :

— Rouck di gouck, rouck di gouck,
Dans le soulier pas de sang,
Le soulier est assez grand,
C'est la vraie fiancée qu'il mène à la maison !

Après quoi ils allèrent se percher sur les épaules de Cendrillon, l'un à droite, l'autre à gauche, et restèrent ainsi tout le long de la route.

Lorsqu'arriva le jour du mariage, les méchantes sœurs se présentèrent pour prendre part au bonheur de Cendrillon. Au moment où le cortège entra dans l'église, comme l'aînée marchait à la droite et la cadette à la gauche de Cendrillon, les pigeons leur piquèrent un œil à chacune.

La cérémonie terminée, quand on sortit, l'aînée se trouva à gauche et la cadette à droite, et les pigeons leur piquèrent l'autre œil ; et c'est ainsi qu'en restant aveugles toute la vie elles expièrent leur perfidie et leur méchanceté.

LE PETIT CHAPERON ROUGE

Traduction de Charles Deulin

Il y avait une fois une bonne petite fille, aimée de tous ceux qui la voyaient, mais surtout de sa grand-mère, qui ne savait rien lui refuser.

Celle-ci lui fit présent d'un petit chaperon de velours rouge, et, comme il lui allait très-bien, et qu'elle ne s'habillait plus autrement, on l'appela le petit Chaperon rouge.

Un jour sa mère lui dit :

— Viens, petit Chaperon, voici un morceau de gâteau et une bouteille de vin, porte-les à ta mère-grand ; elle est faible et malade, cela lui fera du bien. Mets-toi en route avant qu'il fasse trop chaud ; et, quand tu y seras, va bien gentiment ton chemin sans courir à droite et à gauche ; autrement tu tomberais, la bouteille se casserait et la grand-mère n'aurait plus rien. Quand tu entreras dans sa chambre, n'oublie point de dire bonjour, et ne commence pas par aller fureter dans tous les coins.

— Je suivrai bien vos recommandations, répondit le petit Chaperon à sa mère, et elle lui donna sa main en signe de promesse.

Mais la grand-mère demeurait là-bas dans le bois, à une demi-heure du village. Quand le petit Chaperon entra dans le bois, le loup vint à sa rencontre. Comme elle ne savait pas quelle méchante bête c'était, elle n'en eut pas peur.

— Bonjour, petit Chaperon, dit-il.

— Grand merci, loup.

— Et où vas-tu si matin, petit Chaperon ?

— Chez mère-grand.

— Et que portes-tu sous ton tablier ?

— Un gâteau et du vin. Hier nous avons cuit le pain de la semaine chez le fournier, et je porte à la pauvre vieille mère-grand de quoi lui faire du bien et la fortifier un peu.

— Petit Chaperon, où demeure ta grand-mère ?

— À un bon quart de lieue d'ici, dans le bois ; sa maison est sous les trois grands chênes ; au bas sont les haies de coudres, tu verras bien, dit le petit Chaperon.

Le loup pensait en lui-même : « Elle est jeune, elle est tendre, ce sera un bon morceau, bien meilleur que la vieille ; il faut m'y prendre adroitement pour les happer toutes les deux. »

Il chemina un instant près du petit Chaperon, et il lui dit :

— Petit Chaperon, vois donc partout les belles fleurs ; pourquoi ne regardes-tu pas autour de toi ? N'entends-tu pas comme les oiseaux chantent bien ? Tu vas droit devant toi comme si tu allais à l'école, tandis que c'est si amusant de jouer dans le bois.

Le petit Chaperon leva les yeux et, quand elle vit que tout était plein de si belles fleurs et que les rayons du soleil dansaient çà et là à travers les branches, elle se dit : « Si j'apportais à mère-grand un bouquet frais cueilli, cela lui ferait plaisir aussi. Il est de si bonne heure que j'arriverai encore à temps. »

Elle quitta le chemin pour entrer dans le fourré, et se mit à chercher des fleurs. Quand elle en avait cueilli une, il lui semblait que plus loin il y en avait une plus belle ; elle y courait et s'enfonçait de plus en plus dans le bois.

Pendant ce temps-là, le loup alla droit à la maison de la grand-mère. Il frappa à la porte.

— Qui est là ?

— Le petit Chaperon, qui apporte un gâteau et du vin. Ouvrez.

— Appuie seulement sur la clenche, cria la grand-mère, je suis si faible que je ne peux pas me lever.

Le loup pressa la clenche, la porte s'ouvrit, et le rusé, sans dire un mot, alla droit au lit de la grand-mère et l'avala. Puis il passa ses vêtements, mit ses coiffes, se coucha dans le lit et ferma les rideaux.

Le petit Chaperon avait continué de chercher des fleurs. Quand elle en eut tant cueilli qu'elle n'en pouvait porter davantage, elle repensa à la mère-grand et se remit en route. Elle s'étonna de trouver la porte ouverte. À son entrée dans la chambre, tout lui sembla si singulier qu'elle se dit : « Ah ! mon Dieu, comme j'ai le cœur serré aujourd'hui, moi qui suis si heureuse ordinairement chez la grand-mère. »

Elle dit bonjour, mais ne reçut pas de réponse. Elle alla vers le lit et ouvrit les rideaux. La grand-mère était couchée, ses coiffes rabattues sur sa figure, et elle avait l'air tout drôle.

— Eh ! grand-mère, que vous avez de grandes oreilles !

— C'est pour mieux t'entendre.

— Eh ! grand-mère, que vous avez de grands yeux !

— C'est pour mieux te voir.

— Eh ! grand-mère, que vous avez de grandes mains !

— C'est pour mieux te saisir.

— Eh ! grand-mère, que vous avez une horrible bouche !

— C'est pour mieux te manger.

En disant ces mots, le loup sauta du lit et goba le pauvre petit Chaperon rouge.

Lorsque le loup eut apaisé son vorace appétit, il se recoucha, s'endormit et se mit à ronfler tout haut. Le chasseur passait par là ; il pensa : « Comme la vieille ronfle ! Voyons si elle n'a besoin de rien. »

Il entra dans la chambre et, s'approchant du lit, il vit que le loup y était couché.

— Te voilà enfin, dit-il, vieux pécheur ! il y a long-temps que je te cherche.

Il allait mettre en joue sa carabine, quand il songea que le loup pourrait bien avoir mangé la mère-grand, et qu'il serait encore temps de la sauver.

Au lieu de faire feu, il prit des ciseaux et commença de découdre le ventre au loup endormi. Après qu'il eut donné deux coups de ciseaux, il vit briller le petit Chaperon rouge ; deux nouveaux coups, et la fillette sauta dehors en s'écriant :

— Ah ! quelle peur j'ai eue ! Comme il faisait noir dans le corps du loup !

Puis vint la vieille grand-mère encore vivante, mais à peine pouvait-elle respirer.

Le petit Chaperon rouge ramassa vite de grosses pierres, et ils en remplirent le ventre du loup. Quand le compère s'éveilla, il voulut sauter à bas du lit ; mais les pierres étaient si lourdes qu'aussitôt il retomba : il était mort.

Tous trois furent bien contents ; le chasseur prit la peau du loup et l'emporta ; la mère-grand mangea le gâteau et but le vin que le petit Chaperon avait apportés, et elle retrouva ses forces ; mais le petit Chaperon rouge se dit : « De ta vie tu ne t'écarteras plus de ta route pour courir dans le bois, quand ta mère te l'aura défendu. »

On raconte aussi qu'une fois que le petit Chaperon portait à sa mère-grand une autre galette, un autre loup lui parla et chercha à la détourner de son chemin. Le petit Chaperon se garda bien de l'écouter. Elle suivit sa route tout droit et dit à sa grand-mère qu'elle avait rencontré le loup, qui lui avait souhaité le bonjour, mais qui l'avait regardée avec des yeux terribles.

— Si ce n'avait été sur le grand chemin, il m'aurait mangée.

— Viens, dit la mère-grand, nous allons fermer la porte, de peur qu'il n'entre.

Bientôt le loup frappa en criant :

— Ouvrez, grand-mère, je suis le petit Chaperon rouge, et je vous apporte une galette.

Elles se turent et n'ouvrirent pas. La tête grise[1] rôda quelque temps autour de la maison et finit par sauter sur le toit. Il voulait y attendre le départ du petit Chaperon ; il l'aurait suivie et mangée dans l'ombre.

Mais la grand-mère comprit ce qu'il avait dans la pensée. Comme il y avait devant la maison une grande auge de pierre, elle dit à la petite fille :

— Prends le seau, petit Chaperon ; hier j'ai fait cuire des saucisses, va verser dans l'auge l'eau où elles ont cuit.

Le petit Chaperon charria tant d'eau que la grande auge en fut pleine. L'odeur des saucisses montait au nez du loup ; il reniflait et guignait en bas. Enfin il allongea tant le cou qu'il ne put se tenir et commença de glisser. Il glissa si bien du toit qu'il tomba dans la grande auge et s'y noya.

Le petit Chaperon retourna joyeuse chez elle, et personne ne lui fit de mal.

---

1. *Ysengrin*, gris de fer, est le nom du loup dans le *Roman de Renart*.

TOM POUCE

Traduction de Frédéric Baudry

Un pauvre laboureur était assis un soir au coin de son feu, pendant que sa femme filait à côté de lui. Il disait :

— C'est un grand chagrin pour nous de ne pas avoir d'enfants. Quel silence chez nous, tandis que chez les autres tout est si gai et si bruyant !

— Oui, répondit sa femme en soupirant, dussions-nous n'en avoir qu'un seul, pas plus gros que le pouce, je m'en contenterais, et nous l'aimerions de tout notre cœur.

La femme, sur ces entrefaites, devint souffrante, et, au bout de sept mois, elle mit au monde un enfant bien constitué dans tous ses membres, mais qui n'avait qu'un pouce de haut. Elle dit : « Le voilà tel que nous l'avons souhaité ; il n'en sera pas moins notre cher fils. » Et à cause de sa taille ses parents le nommèrent Tom Pouce. Ils le nourrirent aussi bien que possible; mais il ne grandit pas et resta tel qu'il avait été à sa naissance. Cependant il paraissait avoir de l'esprit ; ses yeux étaient intelligents, et il montra bientôt dans sa petite personne de l'adresse et de l'activité pour mener à bien ce qu'il entreprenait.

Le paysan s'apprêtait un jour à aller abattre du bois dans la forêt, et il se disait à lui-même :

— Je voudrais bien avoir quelqu'un pour conduire ma charrette.

— Père, s'écria Tom Pouce, je vais la conduire, moi ; soyez tranquille, elle arrivera à temps.

L'homme se mit à rire.

— Cela ne se peut pas, dit-il ; tu es bien trop petit pour conduire le cheval par la bride !

— Ça ne fait rien, père ; si maman veut atteler, je me mettrai dans l'oreille du cheval, et je lui crierai où il faudra qu'il aille.

— Eh bien, répondit le père, essayons.

La mère attela le cheval et mit Tom Pouce dans son oreille ; et le petit homme lui criait le chemin qu'il fallait prendre : « Hue ! dia ! » si bien que le cheval marcha comme s'il avait eu un vrai charretier et la charrette fut menée au bois par la bonne route.

Pendant que l'équipage tournait au coin d'une haie, et que le petit homme criait « Dia ! dia ! » il passa par là deux étrangers.

— Grand Dieu ! s'écria l'un d'eux, qu'est-ce là ? Voilà une charrette qui marche, on entend la voix du charretier et on ne voit personne.

— Il y a quelque chose de louche là-dessous, dit l'autre ; il faut suivre cette charrette et voir où elle s'arrêtera.

Elle continua sa route et s'arrêta dans la forêt, juste à la place où il y avait du bois abattu. Quand Tom Pouce aperçut son père, il lui cria : « Vois-tu, père, que j'ai bien mené la charrette ? Maintenant, fais-moi descendre. »

Le père, saisissant la bride d'une main, prit de l'autre son fils dans l'oreille du cheval et le déposa par terre ; le petit s'assit joyeusement sur un fétu. Les deux étrangers, en apercevant Tom Pouce ne savaient que penser, tant ils étaient étonnés. L'un d'eux prit l'autre à part et lui dit : « Ce petit drôle pourrait faire notre fortune, si nous le faisions voir pour de l'argent dans quelque ville ; il faut l'acheter. » Ils allèrent trouver le paysan et lui dirent :

— Vendez-nous ce nain ; nous en aurons bien soin.

— Non, répondit le père ; c'est mon enfant, il n'est pas à vendre pour tout l'or du monde !

Mais Tom Pouce, en entendant la conversation avait grimpé dans les plis des vêtements de son père ; il lui monta jusque sur l'épaule, et de là lui souffla dans l'oreille : « Père, livrez-moi à ces gens-là, je serai bientôt de retour. »

Son père le donna donc aux deux hommes pour une belle pièce d'or.

— Où veux-tu te mettre ? lui dirent-ils.

— Ah ! mettez-moi sur le bord de votre chapeau, je pourrai me promener et voir le paysage, et j'aurai bien soin de ne pas tomber.

Ils firent comme il voulait, et quand Tom Pouce eut dit adieu à son père, ils s'en allèrent avec lui et marchèrent ainsi jusqu'au soir. Alors le petit homme leur cria :

— Arrêtez, j'ai besoin de descendre.

— Reste sur mon chapeau, dit l'homme qui le portait ; peu m'importe ce que tu feras, les oiseaux m'en font plus d'une fois autant.

— Non pas, non pas, dit Tom Pouce, mettez-moi en bas bien vite.

L'homme le prit et le posa par terre, dans un champ près de la route; il courut un instant parmi les mottes de terre, et tout d'un coup il se plongea dans un trou de souris qu'il avait cherché exprès. « Bonsoir, messieurs, partez sans moi », leur cria-t-il en riant. Ils voulurent le rattraper en fourrageant le trou de souris avec des baguettes, mais ce fut peine perdue : Tom s'enfonçait toujours plus avant, et la nuit étant tout à fait venue, ils furent obligés de rentrer chez eux en colère et les mains vides.

Quand ils furent loin, Tom Pouce sortit de son souterrain. Il craignit de se risquer de nuit en plein champ, car une jambe est bientôt cassée. Heureusement il rencontra une coque vide de limaçon. « Dieu soit loué ! dit-il, je passerai ma nuit en sûreté là dedans. » et il s'y établit. Comme il allait s'endormir, il entendit deux hommes qui passaient, et l'un disait à l'autre :

— Comment nous y prendrions-nous pour voler à ce riche curé tout son or et son argent ?

— Je vous le dirais bien, leur cria Tom Pouce.

— Qu'y a-t-il ? s'écria un des voleurs effrayés, j'ai entendu quelqu'un parler.

Ils restaient à écouter, quand Tom leur cria de nouveau :

— Prenez-moi avec vous, je vous aiderai.

— Où es-tu donc ?

— Cherchez par terre, du côté d'où vient la voix.

Les voleurs finirent par le trouver.

— Petit extrait d'homme, lui dirent-ils, comment veux-tu nous être utile ?

— Voyez, répondit-il, je me glisserai entre les barreaux de la fenêtre dans la chambre du curé, et je vous passerai tout ce que vous voudrez.

— Eh bien, soit, dirent-ils, nous allons te mettre à l'épreuve !

Quand ils furent arrivés au presbytère, Tom Pouce se glissa dans la chambre, puis il se mit à crier de toutes ses forces : « Voulez-vous tout ce qui est ici ? »

Les voleurs effrayés lui dirent : « Parle plus bas, tu vas réveiller la maison. » Mais, faisant comme s'il ne les avait pas entendus, il cria de nouveau : « Qu'est-ce que vous voulez ? Voulez-vous tout ce qui est ici ? »

La servante, qui couchait dans la chambre à côté, entendit ce bruit, elle se leva sur son séant et prêta l'oreille. Les voleurs avaient battu en retraite ; enfin ils reprirent courage et, croyant seulement que le petit drôle voulait s'amuser à leurs dépens, ils revinrent sur leurs pas et lui dirent tout bas : « Plus de plaisanterie, passe-nous quelque chose. » Alors Tom se mit à crier encore du haut de sa tête : « Je vais vous donner tout ; tendez les mains. »

Cette fois la servante entendit bien clairement ; elle sauta du lit et courut à la porte. Les voleurs voyant cela s'enfuirent comme si le diable eût été à leurs trousses ; la servante, n'entendant plus rien, alla allumer une chandelle. Quand elle revint, Tom Pouce, sans être vu, fut se cacher dans le grenier au foin. La servante, après avoir fureté dans tous les coins sans rien découvrir, alla se remettre au lit et crut qu'elle avait rêvé.

Tom Pouce était monté dans le foin et s'y était arrangé un joli petit lit ; il comptait s'y reposer jusqu'au jour et ensuite retourner chez ses parents. Mais il devait subir bien d'autres épreuves encore tant on a de mal dans ce monde ! La servante se leva dès l'aurore pour donner à manger au bétail. Sa première visite fut pour le grenier au fourrage, où elle prit une brassée de foin, avec le pauvre Tom endormi dedans. Il dormait si fort qu'il ne s'aperçut de rien et ne s'éveilla que dans la bouche d'une vache, qui l'avait pris avec une poignée de foin. Il se crut d'abord tombé dans un moulin à foulon, mais il comprit bientôt où il était réellement. Tout en évitant de se laisser broyer entre les dents, il finit par glisser dans la gorge et dans la panse. L'appartement lui semblait étroit, sans fenêtre, et on n'y voyait ni soleil ni chandelle. Le séjour lui en déplaisait fort, et ce qui compliquait encore sa situation, c'est qu'il descendait toujours de nouveau foin et que l'espace devenait de plus en plus étroit. Enfin, dans sa terreur, Tom s'écria le plus haut qu'il put : « Plus de fourrage ! plus de fourrage ! je n'en veux plus ! »

La servante était justement occupée à ce moment à traire la vache ; cette voix, qu'elle entendait sans voir personne et qu'elle reconnaissait pour celle qui l'avait déjà éveillée pendant la nuit, l'effraya tellement qu'elle se jeta en bas de son tabouret en répandant son lait. Elle alla en toute hâte trouver son maître et lui cria :

— Ah ! grand Dieu ! monsieur le curé, la vache qui parle !

— Tu es folle ! répondit le prêtre, et cependant il alla lui-même dans l'étable, pour s'assurer de ce qui s'y passait.

À peine y avait-il mis le pied, que Tom Pouce s'écria de nouveau : « Plus de fourrage ! je n'en veux plus ! » La frayeur gagna le curé à son tour et, s'imaginant qu'il y avait un diable dans le corps de la vache, il dit qu'il fallait la tuer. On l'abattit, et la panse, dans laquelle le pauvre Tom était prisonnier, fut jetée sur le fumier. Le petit eut grand-peine à se démêler de là, et il commençait à passer la tête dehors, quand un nouveau malheur l'assaillit. Un loup affamé se jeta sur la panse de la vache et l'avala d'un seul coup. Tom Pouce ne perdit pas courage. « Peut-être, pensa-t-il, que ce loup sera traitable. » Et de son ventre, où il était enfermé, il lui cria :

— Cher ami loup, je veux t'enseigner un bon repas à faire.

— Et où cela ? dit le loup.

— Dans telle et telle maison ; tu n'as qu'à te glisser par l'égout de la cuisine, tu trouveras des gâteaux, du lard, des saucisses à bouche que veux-tu.

Et il lui désigna très exactement la maison de son père.

Le loup ne se le fit pas dire deux fois ; il s'introduisit dans la cuisine et s'en donna à cœur joie aux dépens des provisions. Mais quand il fut repu et qu'il fallut sortir, il était tellement gonflé de nourriture, qu'il ne put venir à bout de repasser par l'égout. Tom, qui avait compté là-dessus, commença à faire un bruit terrible dans le corps du loup, en sautant et en criant de toutes ses forces.

— Veux-tu te tenir en repos ? dit le loup ; tu vas réveiller tout le monde !

— Eh bien quoi ? répondit le petit homme, tu t'es régalé, je veux m'amuser aussi, moi.

Et il se remit à crier tant qu'il pouvait.

Il finit par éveiller ses parents, qui accoururent et regardèrent dans la cuisine à travers la serrure. Quand ils virent qu'il y avait un loup, ils s'armèrent, l'homme de sa hache et la femme d'une faux. « Reste derrière, dit l'homme à sa femme quand ils entrèrent dans la chambre ; je vais le frapper de ma hache, et si je ne le tue pas du coup, tu lui couperas le ventre. »

Tom Pouce, qui entendait la voix de son père, se mit à crier :

— C'est moi, cher père, je suis dans le ventre du loup.

— Dieu merci, dit le père, plein de joie, notre cher enfant est retrouvé !

Et il ordonna à sa femme de mettre la faux de côté pour ne pas blesser leur fils. Puis, levant sa hache, d'un coup sur la tête il étendit mort le loup, et ensuite, avec un couteau et des ciseaux, il lui ouvrit le ventre et en tira le petit Tom.

— Ah ! dit-il, que nous avons été inquiets de ton sort !

— Oui, père, j'ai beaucoup couru le monde ; heureusement me voici rendu à la lumière.

— Où as-tu donc été ?

— Ah ! père, j'ai été dans un trou de souris, dans la panse d'une vache et dans le ventre d'un loup. Maintenant je reste avec vous.

— Et nous ne te revendrions pas pour tout l'or du monde ! dirent ses parents en l'embrassant et en le serrant contre leur cœur.

Ils lui donnèrent à manger et lui firent faire d'autres habits parce que les siens avaient été gâtés pendant son voyage.

PEAU-DE-TOUTES-BÊTES
(QUI DEVIENDRA PEAU D'ÂNE)

Traduction de Charles Deulin

Il était une fois un roi qui avait une femme aux cheveux d'or. Cette chevelure était si belle qu'on n'eût pas trouvé sa pareille par toute la terre. Or, il arriva que la reine tomba malade. Lorsqu'elle se sentit près de sa fin, elle appela le roi et dit :

— Si, moi morte, tu veux te remarier, que ce ne soit qu'avec une femme aussi belle que moi et qui ait des cheveux d'or. Promets-le-moi.

Quand le roi le lui eut promis, elle ferma les yeux et mourut.

Longtemps le monarque resta inconsolable ; il ne songeait pas à prendre une autre femme. À la fin, ses conseillers furent d'avis que le roi devait se remarier pour donner une reine à ses sujets.

On expédia alors aux quatre coins de l'horizon des gens pour chercher une fiancée qui égalât la feue reine en beauté, mais on n'en put trouver une sur toute la terre, et l'eût-on trouvée, qu'elle n'aurait pas eu des cheveux d'or. Les émissaires revinrent donc comme ils étaient partis.

Le roi avait une fille qui n'était pas moins belle que sa défunte mère et qui avait, elle aussi, des cheveux d'or. Quand elle fut en âge, il la regarda et, s'apercevant qu'elle ressemblait en tout à sa mère, il conçut pour elle un violent amour. Alors il dit à ses conseillers :

— Je veux épouser ma fille, car elle est le vivant portrait de ma femme morte, et je ne trouve nulle part une fiancée qui lui ressemble.

Ces paroles effrayèrent les conseillers.

— Dieu, dirent-ils, a défendu que le père épouse sa fille. D'un péché il ne peut rien sortir de bon. Le royaume s'en irait en ruine.

Lorsque la jeune fille apprit ce qu'avait résolu son père, elle fut prise d'une terreur encore plus grande : elle espéra pourtant le faire changer d'idée.

— Avant que j'accède à votre désir, lui dit-elle alors, il me faut trois robes, la première dorée comme le soleil, la seconde argentée comme la lune, la troisième aussi scintillante que les étoiles et de plus un manteau de mille sortes de poils et de fourrures pour lequel, dans votre royaume, chaque animal devra fournir un morceau de sa peau.

Elle croyait que jamais on ne viendrait à bout de la satisfaire et qu'ainsi elle forcerait son père à abandonner son funeste projet ; mais le roi persista et les plus habiles ouvrières de ses États furent chargées de tisser les trois robes, l'une dorée comme le soleil, l'autre argentée comme la lune et la troisième aussi scintillante que les étoiles. Ses chasseurs durent aussi attraper tous les animaux et leur couper un morceau de leur peau. On en fit un manteau de mille fourrures.

Quand le travail fut terminé, le monarque voulut qu'on apportât le manteau, l'étala devant sa fille et lui dit :

— À demain la noce.

Voyant qu'il n'y avait pas moyen de changer le cœur de son père, la pauvre fille résolut de s'enfuir. Durant la nuit, quand tout dormait, elle se leva et s'en fut à l'endroit où étaient enfermés ses bijoux ; elle en prit trois : une bague d'or, un rouet d'argent et un petit dévidoir en or.

Les trois robes couleur de soleil, de lune et d'étoiles, elle les serra dans une coquille de noix ; elle revêtit le manteau de mille fourrures et se noircit la figure et les mains avec de la suie. Alors elle se recommanda à Dieu et partit.

Elle marcha toute la nuit, jusqu'à ce qu'elle rencontrât une grande forêt. Comme elle était exténuée de fatigue, elle se blottit dans un arbre creux et s'y endormit.

Le soleil se levait qu'elle dormait encore. Or, il se trouva que le roi, à qui était cette forêt, vint y chasser.

En arrivant près de l'arbre, ses chiens se mirent à flairer et à courir tout autour en hurlant.

— Voyez donc quel gibier se cache là, dit le roi à ses veneurs.

Ils obéirent et revinrent dire au monarque :

— Il y a dans le creux de l'arbre un animal si bizarre que jamais nous n'en avons vu de pareil : sa robe est ornée de mille sortes de fourrures. Du reste il est couché et il dort.

— Tâchez de l'attraper vivant, fit le roi, attachez-le sur la voiture et emmenez-le.

Aussitôt que les chasseurs l'eurent touchée, la jeune fille se réveilla et leur cria tout épouvantée :

— Je suis une pauvre enfant abandonnée de ses père et mère. Ayez pitié de moi et emmenez-moi avec vous.

— Peau-de-toutes-Bêtes, lui dirent-ils, tu n'es guère bonne que pour la cuisine, mais viens toujours, tu balayeras les cendres.

Ils la mirent alors sur la voiture et retournèrent au château royal. Là, ils lui montrèrent sous l'escalier une petite niche où jamais n'avait pénétré la lumière du jour, et lui dirent :

— Petit animal sauvage, c'est là que tu te tiendras pour dormir.

On l'envoya alors dans la cuisine pour porter le bois et l'eau, entretenir le feu, plumer la volaille, éplucher les légumes, balayer les cendres et faire tous les gros ouvrages.

Peau-de-toutes-Bêtes vécut là longtemps et misérablement. Ah ! belle fille de roi, que vas-tu devenir ?

Il arriva qu'on donna une grande fête au château. Peau-de-toutes-Bêtes dit au cuisinier :

— Ne puis-je monter un instant pour voir la fête ? Je me tiendrai à la porte.

— Va, répondit le cuisinier, mais reviens dans une demi-heure balayer les cendres.

La jeune fille prit sa petite lampe et s'en fut à sa niche. Elle mit bas son manteau de fourrures, et ôta la suie de sa figure et de ses mains, afin que sa beauté reparût. Elle ouvrit ensuite la noix et revêtit sa robe couleur de soleil.

Cela fait elle monta dans les salons, et tous lui livrèrent passage, car personne ne la reconnut. On la prenait pour une princesse.

Le roi alla à sa rencontre, lui offrit la main et dansa avec elle. Il se disait que jamais ses yeux n'avaient vu pareille beauté.

Après la danse, la jeune fille fit la révérence au roi et, pendant qu'il se retournait, elle disparut si vite que personne ne sut où elle avait passé. Il envoya chercher les gardes du château et les interrogea, mais nul n'avait aperçu la fugitive.

Elle était rentrée dans sa niche, avait vivement retiré sa robe, noirci sa figure et ses mains, revêtu son manteau de fourrures et était redevenue Peau-de-toutes-Bêtes.

Quand elle retourna à la cuisine et commença de balayer les cendres le cuisinier lui dit :

— Remets cela à demain et fais-moi une soupe pour le roi. Moi aussi, je veux voir un peu ce qui se passe là-haut. Surtout ne laisse pas tomber de cheveux dans la soupe ; car si tu as ce malheur, je ne te donne plus à manger.

Le cuisinier parti, Peau-de-toutes-Bêtes s'occupa de la soupe ; c'était une soupe au pain qu'elle fit aussi bonne que possible. Lorsqu'elle eut fini, elle s'en fut à sa niche chercher sa bague d'or et la mit dans la soupière.

Après le bal, le roi se fit servir la soupe et la mangea. Elle lui parut si bonne qu'il crut n'en avoir jamais mangé de meilleure. En arrivant au fond de la soupière, il trouva une bague d'or et ne put comprendre comment elle était là.

Alors il commanda qu'on allât quérir le cuisinier. À cet ordre celui-ci fut fort effrayé et dit à Peau-de-toutes-Bêtes :

— Tu as laissé tomber un cheveu dans la soupe, c'est sûr. S'il en est ainsi, tu seras punie.

Quand il fut devant le roi, ce dernier lui demanda qui avait fait la soupe.

— C'est moi, répondit le cuisinier.

— Ce n'est pas vrai, répliqua le monarque. Elle n'était pas comme les tiennes ; elle était bien meilleure.

— J'avoue, dit alors le cuisinier, que ce n'est pas moi. C'est la petite bête sauvage.

— Va la chercher, dit le roi.

Peau-de-toutes-Bêtes arriva.

— Qui es-tu ? lui demanda le souverain.

— Je suis une pauvre enfant qui n'a ni père ni mère.

— Que fais-tu dans mon château ?

— Je ne suis bonne à rien qu'à recevoir les bottes à la tête.

— D'où te vient cette bague qui s'est trouvée dans la soupe ?

— De cette bague, répondit Peau-de-toutes-Bêtes, je ne saurais rien dire.

Le roi n'en put tirer un mot de plus et il la renvoya. Quelque temps après il y eut une autre fête, et Peau-de-toutes-Bêtes demanda encore au cuisinier la permission d'aller la voir. Il répondit :

— J'y consens, mais reviens dans une demi-heure faire la soupe au pain que le roi aime tant.

Elle courut à sa niche, se débarbouilla vivement, retira de la noix la robe couleur de lune et s'en para. Elle monta dans les salons, pareille à la fille d'un prince, et le roi vint à sa rencontre et fut enchanté de la revoir. Comme on commençait une danse, il l'invita.

La danse finie, elle disparut encore si rapidement que le roi ne put deviner où elle avait passé. D'un saut elle fut dans sa niche, se transforma derechef en petit animal sauvage et alla à la cuisine faire la soupe au pain.

Quand le cuisinier monta à son tour, elle s'en fut quérir le rouet d'argent et le mit dans la soupière.

On porte la soupe au roi, il la mange, la trouve aussi bonne que la première et mande le cuisinier, lequel est forcé d'avouer que c'est Peau-de-toutes-Bêtes qui a fait la soupe. Peau-de-toutes-Bêtes revient devant le roi, mais toujours elle répond qu'elle n'est là que pour recevoir les bottes à la tête et qu'elle ne sait rien du rouet d'argent.

Lorsque pour la troisième fois le roi donna une fête, tout se passa de la même façon. Le cuisinier dit :

— Tu es une sorcière, petite bête sauvage ; tu mets toujours dans ta soupe je ne sais quoi d'où lui vient un si bon goût, que le roi la trouve meilleure que les miennes.

Elle supplia de nouveau qu'il la laissât monter un moment. Elle revêtit la robe qui brillait comme les étoiles, et parut dans la salle. Le roi dansa encore avec la belle jeune fille et trouva qu'elle n'avait jamais été aussi belle.

Cependant, sans qu'elle s'en aperçût, il lui glissa au doigt une bague en or et ordonna qu'on fît durer la danse très longtemps. Quand elle fut terminée, il voulut retenir la jeune fille par les mains ; elle se débarrassa de lui et se perdit si prestement dans la foule qu'elle disparut à ses yeux.

Elle courut aussi rapidement qu'elle put à la niche de l'escalier, mais comme elle avait été plus d'une demi-heure absente, elle n'eut pas le temps de retirer sa belle robe ; elle mit par-dessus le manteau de fourrures et, dans sa précipitation, elle ne se noircit pas entièrement. Un doigt resta blanc.

Peau-de-toutes-Bêtes courut alors à la cuisine, fit la soupe au pain du roi et, lorsque le cuisinier fut parti, elle jeta le dévidoir en or dans la soupière. Le roi trouva le dévidoir au fond et fit venir Peau-de-toutes-Bêtes. Il aperçut alors le doigt blanc et vit la bague qu'il y avait glissée pendant la danse.

Il prit la main de la jeune fille et la tint serrée. Celle-ci voulut se dégager et se sauver, mais le manteau de fourrures s'entrouvrit et la robe d'étoiles étincela.

Le roi prit le manteau et l'ôta. Soudain apparurent les cheveux d'or et, sans pouvoir se cacher plus longtemps, la jeune fille rayonna dans toute sa splendeur. Quand elle eut ôté la suie et les cendres, sa figure sembla la plus jolie qu'on eût encore vue sur la terre, et le roi lui dit :

— Tu es ma fiancée bien-aimée et nous ne nous séparerons plus jamais.

On fit la noce et ils vécurent contents et heureux jusqu'à la fin de leurs jours.

LES MUSICIENS DE LA VILLE DE BRÊME

Traduction de Frédéric Baudry

Un homme avait un âne qui l'avait servi fidèlement pendant de longues années, mais dont les forces étaient à bout, si bien qu'il devenait chaque jour plus impropre au travail. Le maître songeait à le dépouiller de sa peau ; mais l'âne, s'apercevant que le vent soufflait du mauvais côté, s'échappa et prit la route de Brême. « Là, se disait-il, je pourrai devenir musicien de la ville. Comme il avait marché quelque temps, il rencontra sur le chemin un chien de chasse qui jappait comme un animal fatigué d'une longue course.

— Qu'as-tu donc à japper de la sorte, camarade ? lui dit-il.

— Ah, répondit le chien, parce que je suis vieux, que je m'affaiblis tous les jours et que je ne peux plus aller à la chasse, mon maître a voulu m'assommer ; alors j'ai pris la clef des champs ; mais comment ferai-je pour gagner mon pain ?

— Eh bien ! dit l'âne, je vais à Brême pour m'y faire musicien de la ville, viens avec moi et fais-toi aussi recevoir dans la musique. Je jouerai du luth, et toi tu sonneras les timbales.

Le chien accepta et ils suivirent leur route ensemble. À peu de distance, ils trouvèrent un chat couché sur le chemin et faisant une figure triste comme une pluie de trois jours.

— Qu'est-ce donc qui te chagrine, vieux frise-moustache ? lui dit l'âne.

— On n'est pas de bonne humeur quand on craint pour sa tête, répondit le chat parce que j'avance en âge, que mes dents sont usées et que j'aime mieux rester couché derrière le poêle et filer mon rouet que de courir après les souris, ma maîtresse a voulu me noyer ; je me suis sauvé à temps mais maintenant que faire, et où aller ?

— Viens avec nous à Brême ; tu t'entends fort bien à la musique nocturne, tu te feras comme nous musicien de la ville.

Le chat goûta l'avis et partit avec eux. Nos vagabonds passèrent bientôt devant une cour, sur la porte de laquelle était perché un coq qui criait du haut de sa tête.

— Tu nous perces la moelle des os, dit l'âne qu'as-tu donc à crier de la sorte ?

— J'ai annoncé le beau temps, dit le coq, car c'est aujourd'hui le jour où Notre-Dame a lavé les chemises de l'enfant Jésus et où elle doit les sécher mais, comme demain dimanche on reçoit ici à dîner, la maîtresse du logis est sans pitié pour moi : elle a dit à la cuisinière qu'elle me mangerait demain en potage, et ce soir il faudra me laisser couper le cou. Aussi crié-je de toute mon haleine, pendant que je respire encore.

— Bon, dit l'âne, crête rouge que tu es, viens plutôt à Brême avec nous ; tu trouveras partout mieux que la mort tout au moins : tu as une bonne voix et, quand nous ferons de la musique ensemble, notre concert aura une excellente façon.

Le coq trouva la proposition de son goût, et ils détalèrent tous les quatre ensemble. Ils ne pouvaient atteindre la ville de Brême le même jour ; ils arrivèrent le soir dans une forêt où ils comptaient passer la nuit. L'âne et le chien s'établirent sous un grand arbre, le chat et le coq y grimpèrent, et même le coq prit son vol pour aller se percher tout au haut, où il se trouverait plus en sûreté. Avant de s'endormir, comme il promenait son regard aux quatre vents, il lui sembla qu'il voyait dans le lointain une petite lumière ; il cria à ses compagnons qu'il devait y avoir une maison à peu de distance, puisqu'on apercevait une clarté.

— S'il en est ainsi, dit l'âne, délogeons et marchons en hâte de ce côté, car cette auberge n'est nullement de mon goût.

Le chien ajouta :

— En effet, quelques os avec un peu de viande ne me déplairaient pas.

Ils se dirigèrent donc vers le point d'où partait la lumière ; bientôt ils la virent briller davantage et s'agrandir, jusqu'à ce qu'enfin ils fussent arrivés en face d'une maison de brigands parfaitement éclairée. L'âne, comme le plus grand, s'approcha de la fenêtre et regarda en dedans du logis.

— Que vois-tu là, grison ? lui demanda le coq.

— Ce que je vois ? dit l'âne : une table chargée de mets et de boisson, et alentour des brigands qui s'en donnent à cœur joie.

— Ce serait bien notre affaire, dit le coq.

— Oui, certes ! reprit l'âne ; ah ! si nous étions là ! »

Ils se mirent à rêver sur le moyen à prendre pour chasser les brigands ; enfin ils se montrèrent. L'âne se dressa d'abord en posant ses pieds de devant sur la fenêtre, le chien monta sur le dos de l'âne, le chat grimpa sur le chien, le coq prit son vol et se posa sur la tête du chat. Cela fait, ils commencèrent ensemble leur musique à un signal donné. L'âne se mit à braire, le chien à aboyer, le chat à miauler, le coq à chanter puis ils se précipitèrent par la fenêtre dans la chambre en enfonçant les carreaux qui volèrent en éclats.

Les voleurs, en entendant cet effroyable bruit, se levèrent en sursaut, ne doutant point qu'un revenant n'entrât dans la salle, et se sauvèrent tout épouvantés dans la forêt. Alors les quatre compagnons s'assirent à table, s'arrangèrent de ce qui restait, et mangèrent comme s'ils avaient dû jeûner un mois.

Quand les quatre instrumentistes eurent fini, ils éteignirent les lumières et cherchèrent un gîte pour se reposer, chacun selon sa nature et sa commodité. L'âne se coucha sur le fumier, le chien derrière la porte, le chat dans le foyer près de la cendre chaude, le coq sur une solive ; et, comme ils étaient fatigués de leur longue marche, ils ne tardèrent pas à s'endormir. Après minuit, quand les voleurs aperçurent de loin qu'il n'y avait plus de clarté dans leur maison et que tout y paraissait tranquille, le capitaine dit : « Nous n'aurions pas dû pourtant nous laisser ainsi mettre en déroute » et il ordonna à un de ses gens d'aller reconnaître ce qui se passait dans la maison. Celui qu'il envoyait trouva tout en repos, il entra dans la cuisine et voulut allumer de la lumière ; il prit donc une allumette, et comme les yeux brillants et enflammés du chat lui paraissaient deux charbons ardents, il en approcha l'allumette pour qu'elle prît feu. Mais le chat n'entendait pas raillerie ; il lui sauta au visage et l'égratigna en jurant. Saisi d'une horrible peur, l'homme courut vers la porte pour s'enfuir mais le chien, qui était couché tout auprès, s'élança sur lui et le mordit à la jambe ; comme il passait dans la cour à côté du fumier, l'âne lui détacha une ruade violente avec ses pieds de derrière, tandis que le coq, réveillé par le bruit et déjà tout alerte, criait du haut de sa solive : Kikeriki[1] !

Le voleur courut à toutes jambes vers son capitaine et dit : « Il y a dans notre maison une affreuse sorcière qui a soufflé sur moi et m'a égratigné la figure avec ses longs doigts ; devant la porte est un homme armé d'un couteau, dont il m'a piqué la jambe ; dans la cour se tient un monstre noir, qui m'a assommé d'un coup de massue, et au haut du toit est posé le juge qui criait : « Amenez devant moi ce pendard ! » Aussi me suis-je mis en devoir de m'esquiver.

Depuis lors, les brigands n'osèrent plus s'aventurer dans la maison, et les quatre musiciens de Brême s'y trouvèrent si bien qu'ils n'en voulurent plus sortir.

---

1. Cocorico en allemand.

LE LIÈVRE ET LE HÉRISSON

Traduction de Frédéric Baudry

Cette histoire, enfants, va vous paraître un mensonge, et pourtant elle est vraie ; car mon grand-père, de qui je la tiens, ne manquait jamais, quand il me la racontait, d'ajouter : « Il faut pourtant qu'elle soit vraie ; sans cela on ne la raconterait pas. » Voici l'histoire, telle qu'elle s'est passée.

C'était dans une matinée d'été, pendant le temps de la moisson, précisément quand le sarrasin est en fleur. Le soleil brillait dans le ciel, le vent du matin soufflait sur les blés, les alouettes chantaient dans l'air, les abeilles bourdonnaient dans le sarrasin, et les gens se rendaient à l'église dans leur toilette du dimanche, et toutes les créatures étaient en joie, et le hérisson aussi. Mais le hérisson se tenait devant sa porte ; il avait les bras croisés, regardait couler le temps, et chantait sa petite chanson, ni mieux ni plus mal que ne chante un hérisson par une belle matinée de dimanche. Tandis qu'il chantait ainsi à demi-voix, il eut l'idée assez hardie vraiment, pendant que sa femme se lavait et habillait les enfants, de faire quelques pas dans la plaine et d'aller voir comment poussaient ses navets. Les navets étaient tout près de sa maison, et il était dans l'habitude d'en manger, lui et sa famille ; aussi les regardait-il comme lui appartenant.

Aussitôt dit, aussitôt fait. Le hérisson ferma la porte derrière lui, et se mit en route. Il était à peine hors de chez lui et il allait justement tourner un petit buisson qui bordait le champ où étaient les navets, quand il rencontra le lièvre,

69

qui était sorti dans une intention toute semblable pour aller visiter ses choux. Quand le hérisson aperçut le lièvre, il lui souhaita amicalement le bonjour. Mais le lièvre, qui était un grand personnage à sa manière, et de plus très fier de son naturel, ne rendit pas le salut au hérisson, mais lui dit, et d'un air extrêmement moqueur :

— Comment se fait-il que tu coures comme cela les champs par une si belle matinée ?

— Je vais me promener, dit le hérisson.

— Te promener, dit en riant le lièvre ; il me semble qu'il te faudrait pour cela d'autres jambes.

Cette réponse déplut extraordinairement au hérisson car il ne se fâchait jamais, excepté quand il était question de ses jambes, précisément parce qu'il les avait torses de naissance.

— Tu t'imagines peut-être, dit-il au lièvre, que tes jambes valent mieux que les miennes ?

— Je m'en flatte, dit le lièvre.

— C'est ce qu'il faudrait voir, repartit le hérisson, je parie que, si nous courons ensemble, je courrai mieux que toi.

— Avec tes jambes torses ? Tu veux te moquer, dit le lièvre ; mais soit, je le veux bien, si tu en as tant d'envie. Que gagerons-nous ?

— Un beau louis d'or et une bouteille de brandevin[1], dit le hérisson.

— Accepté, dit le lièvre ; tope, et nous pouvons en faire l'épreuve sur-le-champ.

— Non, cela n'est pas si pressé, dit le hérisson ; je n'ai encore rien pris ce matin ; je veux d'abord rentrer chez moi et manger un morceau ; dans une demi-heure je serai au rendez-vous.

Le lièvre y consent, et le hérisson s'en va. En chemin, il se disait : « Le lièvre se fie à ses longues jambes, mais je lui jouerai un tour. Il fait son important, mais ce n'est qu'un sot, et il le payera. »

1. De l'allemand Brandwein, eau-de-vie de vin.

En arrivant chez lui, le hérisson dit donc à sa femme :

— Femme, habille-toi vite ; il faut que tu viennes aux champs avec moi.

— Qu'y a-t-il donc ? dit la femme.

— J'ai parié avec le lièvre un beau louis d'or et une bouteille de brandevin que je courrais mieux que lui, et il faut que tu sois de la partie.

— Bon Dieu ! mon homme, dit du haut de sa tête la femme au hérisson, es-tu dans ton bon sens ou as-tu perdu la cervelle ? Comment prétends-tu lutter à la course avec le lièvre ?

— Silence, ma femme, dit le hérisson ; c'est mon affaire. Ne te mêle pas de ce qui regarde les hommes. Marche, habille-toi et partons ensemble.

Que pouvait faire la femme du hérisson ? Il fallait bien obéir, qu'elle en eût envie ou non.

Comme ils cheminaient ensemble, le hérisson dit à sa femme : « Fais bien attention à ce que je vais te dire. Nous allons courir dans cette grande pièce de terre que tu vois. Le lièvre court dans un sillon et moi dans l'autre, nous partirons de là-bas. Tu n'as qu'à te tenir cachée dans le sillon, et, quand le lièvre arrivera près de toi, tu te montreras à lui en criant : "Me voilà !" »

Tout en disant cela ils étaient arrivés ; le hérisson marqua à sa femme la place qu'elle devait tenir et il remonta le champ. Quand il fut au bout, il y trouva le lièvre, qui lui dit :

— Allons-nous courir ?

— Sans doute, reprit le hérisson.

— En route donc.

Et chacun se plaça dans son sillon. Le lièvre dit : « Une, deux, trois ! » et partit comme un tourbillon, arpentant le terrain. Le hérisson fit trois pas à peu près, puis se tapit dans le sillon et y demeura coi.

Quand le lièvre fut arrivé à de grandes enjambées au bout de la pièce de terre, la femme du hérisson lui cria : « Me voilà ! » Le lièvre fut tout étonné et s'émerveilla fort. Il croyait bien entendre le hérisson lui-même, car la femme ressemblait parfaitement à son mari.

Le lièvre dit : « Le diable est là pour quelque chose. » Il cria : « Recommençons ; encore une course. » Et il courut encore, partant ainsi qu'un tourbillon, si bien que ses oreilles volaient au vent.

La femme du hérisson ne bougea pas de sa place. Quand le lièvre arriva à l'autre bout du champ, le hérisson lui cria : « Me voilà ! » Le lièvre, tout hors de lui, dit :

— Recommençons, courons encore.

— Je ne dis pas non, reprit le hérisson ; je suis prêt à continuer tant qu'il te plaira.

Le lièvre courut ainsi soixante-treize fois de suite, et le hérisson soutint la lutte jusqu'à la fin.

Chaque fois que le lièvre arrivait à un bout ou à l'autre du champ, le hérisson ou sa femme disaient toujours : « Me voilà ! »

À la soixante-quatorzième fois, le lièvre ne put achever. Au milieu des champs, il roula à terre ; le sang lui sortait par le cou, et il expira sur la place. Le hérisson prit le louis d'or qu'il avait gagné et la bouteille de brandevin ; il appela sa femme pour la faire sortir de son sillon ; tous deux rentrèrent très contents chez eux, et, s'ils ne sont morts depuis, ils vivent encore.

C'est ainsi que le hérisson, dans la lande de Buxtehude[1], courut si bien qu'il fit mourir le lièvre à la peine, et depuis ce temps-là aucun lièvre ne s'est avisé de défier à la course un hérisson de Buxtehude.

La morale de cette histoire, c'est d'abord que nul, si important qu'il s'imagine être, ne doit s'aviser de rire aux dépens d'un plus petit, fût-ce un hérisson ; et, secondement qu'il est bon, si vous songez à prendre une femme, de la prendre dans votre condition et toute semblable à vous. Si donc vous êtes hérisson, ayez bien soin que votre femme soit hérissonne, et de même pour toutes les espèces.

---

1. Pays dont les habitants sont accusés d'être les Béotiens de l'Allemagne. Un terme péjoratif qui signifie rustre.

LE PETIT POU ET LA PETITE PUCE

Traduction de Frédéric Baudry

Le petit pou et la petite puce vivaient ensemble, tenaient ensemble leur petite maison et brassaient leur bière dans une coquille d'œuf.

Un jour, le petit pou tomba dans la bière et s'ébouillanta. La petite puce se mit à pleurer à chaudes larmes. La petite porte de la salle s'étonna :

— Pourquoi pleures-tu ainsi, petite puce ?

— Parce que le pou s'est ébouillanté.

La petite porte se mit à grincer et le petit balai dans le coin demanda :

— Pourquoi grinces-tu ainsi, petite porte ?

— Comment pourrais-je ne pas grincer ! Le petit pou s'est ébouillanté, la petite puce en perd la santé.

Le petit balai se mit à s'agiter de tous côtés. Une petite charrette qui passait par là, cria :

— Pourquoi t'agites-tu ainsi, petit balai ?

— Comment pourrais-je rester en place ! Le petit pou s'est ébouillanté, la petite puce en perd la santé, et la petite porte grince à qui mieux mieux.

Et la petite charrette dit :

— Moi, je vais rouler.

Et elle se mit à rouler à toute vitesse. Elle passa par le dépotoir et les balayures lui demandèrent :

— Pourquoi fonces-tu ainsi, petite charrette ?

— Comment pourrais-je ne pas foncer ! Le petit pou s'est ébouillanté, la petite puce en perd la santé, la petite

73

porte grince à qui mieux mieux, le balai s'agite, sauve qui peut !

Les balayures décidèrent alors :

— Nous allons brûler de toutes nos forces.

Et elles s'enflammèrent aussitôt. Le petit arbre à côté du dépotoir demanda :

— Allons, balayures, pourquoi brûlez-vous ainsi ?

— Comment pourrions-nous ne pas brûler ! Le petit pou s'est ébouillanté, la petite puce en perd la santé, la petite porte grince à qui mieux mieux, le balai s'agite, sauve qui peut ! La charrette fonce fendant les airs.

Et le petit arbre dit :

— Alors moi, je vais trembler.

Et il se mit à trembler à en perdre toutes ses feuilles. Une petite fille, qui passait par là avec une cruche d'eau à la main, s'étonna :

— Pourquoi trembles-tu ainsi, petit arbre ?

— Comment pourrais-je ne pas trembler ! Le petit pou s'est ébouillanté, la petite puce en perd la santé, la petite porte grince à qui mieux mieux, le balai s'agite, sauve qui peut ! La charrette fonce fendant les airs, les balayures brûlent en un feu d'enfer.

Et la petite fille dit :

— Alors moi, je vais casser ma cruche.

Et elle la cassa.

La petite source d'où jaillissait l'eau, demanda :

— Pourquoi casses-tu ta cruche, petite fille ?

— Comment pourrais-je ne pas la casser ! Le petit pou s'est ébouillanté, la petite puce en perd la santé, la porte grince à qui mieux mieux, le balai s'agite, sauve qui peut ! La charrette fonce fendant les airs, les balayures brûlent en un feu d'enfer. Et le petit arbre, le pauvre, du pied à la tête il tremble.

— Ah bon, dit la petite source, alors moi, je vais déborder.

Et elle se mit à déborder ; et l'eau inonda tout en noyant la petite fille, le petit arbre, les balayures, la charrette, le petit balai, la petite porte, la petite puce et le petit pou, tous autant qu'ils étaient.

LA PRINCESSE SUR LES POIS

Traduction de Félix Franck et E. Alsleben

Il était une fois un roi dont le fils unique, voulant se marier, demanda une femme à son père.

— Ton désir va être satisfait, mon fils, dit le roi, mais il ne serait pas convenable de prendre une autre qu'une princesse pour femme, et il s'en trouve justement une qui est libre tout près d'ici. Cependant, je veux faire annoncer ton intention ; peut-être nous viendra-t-il quelque princesse de l'étranger.

Il envoya donc partout des lettres pour cet objet, et il ne se passa pas longtemps sans qu'on vît paraître des princesses. Il n'y avait presque point de jour où ce ne fut le tour de quelqu'une ; mais dès qu'on s'informait de ses aïeux et de sa famille, on s'apercevait que ce n'était point là une véritable princesse, et on la congédiait bien vite.

— Si cela continue ainsi, disait le prince, je finirai par ne pas rencontrer de femme.

— Calme-toi, mon fils, lui dit la reine ; avant que tu t'en sois avisé, tu en auras une ; souvent le bonheur est devant la porte, on n'a qu'à l'ouvrir.

Il en advint réellement ainsi que la reine l'avait prédit. Bientôt après, par un soir d'orage, comme la pluie et le vent battaient les fenêtres, on frappa à la porte du château royal, les domestiques ouvrirent, et une jeune fille d'une beauté merveilleuse entra, demandant à être conduite immédiatement devant le roi.

Le roi fut étonné d'une visite à pareille heure, et s'informa d'où venait l'inconnue, qui elle était, ce qu'elle désirait.

— Je viens d'un pays lointain, dit-elle ; je suis la fille d'un roi puissant. Lorsque votre lettre est parvenue avec le portrait de votre fils dans le royaume de mon père, j'ai senti naître en moi un grand amour pour ce prince et je suis partie avec l'intention de devenir sa femme.

— Voilà qui me paraît un peu étrange, repartit le roi, et vous n'avez nullement l'air d'une princesse. Depuis quand une princesse voyage-t-elle sans suite et vêtue d'aussi mauvaises robes ?

— La suite n'aurait fait que me retarder, reprit-elle ; quant à la couleur de mes robes, le soleil l'a pâlie et la pluie l'a effacée entièrement. Si vous ne croyez pas que je sois une princesse, envoyez une ambassade à mon père.

— C'est trop d'embarras, dit le roi ; une ambassade ne saurait voyager aussi vite que vous. Les gens doivent avoir le temps nécessaire, et il se passerait des années avant qu'ils fussent de retour. Si vous ne pouvez prouver autrement que vous êtes une vraie princesse, vous n'avez que faire ici et le mieux sera pour vous de retourner au plus vite dans votre pays.

— Laisse-la rester, dit alors la reine, je veux la mettre à l'épreuve, et je saurai avant peu si c'est une princesse véritable.

La reine monta ensuite elle-même à la tour du château et fit préparer un lit superbe dans un magnifique appartement. Lorsqu'on eut apporté les matelas, elle y mit trois pois, l'un au pied du lit, un autre au milieu et le troisième au chevet ; puis on ajouta encore six matelas, puis les draps et les édredons. Quand tout fut prêt, elle conduisit la jeune fille dans cette chambre :

— Après une si longue marche, vous devez être fatiguée, mon enfant, dit-elle ; dormez bien, demain nous causerons plus amplement de tout cela.

À peine faisait-il jour, que la reine monta à la tour où elle croyait la jeune fille plongée dans le plus profond sommeil ; mais celle-ci était tout éveillée.

— Comment avez-vous dormi, ma fille ? demanda la reine.

— Affreusement, répondit la princesse, je n'ai pas fermé les yeux de la nuit !

— Pourquoi donc, mon enfant ? Le lit n'était-il pas bien fait ?

— Jamais de la vie je n'ai couché dans un tel lit ; il était dur de la tête aux pieds, comme si j'avais été couchée sur des pois.

— Je vois bien, dit la reine, que vous êtes une vraie princesse. Je vais vous envoyer une toilette royale, des perles, des pierreries... Parez-vous comme une fiancée. Aujourd'hui même nous célébrerons le mariage qui doit vous unir à mon fils.

LES TROIS FRÈRES

*Traduit de l'allemand dans l'édition
de Eugène Ardant, 1885*

Un vieillard avait trois fils, mais comme il ne possédait pour tout bien qu'une maison, et que cette maison lui avait été léguée par son père, il ne pouvait se résoudre à la vendre pour en partager le produit entre ses enfants. Dans cette incertitude, il lui vint une bonne idée :

— Risquez-vous par le monde, leur dit-il un jour ; allez apprendre chacun un métier qui vous fasse vivre, et, votre apprentissage terminé, hâtez-vous de revenir ; celui qui me donnera alors la preuve la plus convaincante de son savoir-faire, héritera de ma maison.

En conséquence, le départ des trois fils fut arrêté. Ils décidèrent qu'ils deviendraient, l'un maréchal-ferrant, l'autre barbier, et le troisième maître d'armes. Ils fixèrent ensuite un jour et une heure où ils se retrouveraient dans la suite, pour revenir ensemble sous le toit paternel. Ces conventions arrêtées, ils partirent.

Or, il arriva que les trois frères eurent le bonheur de rencontrer chacun un maître consommé dans le métier qu'ils voulaient apprendre. C'est ainsi que notre maréchal-ferrant ne tarda pas à être chargé de ferrer les chevaux du roi ; aussi pensa-t-il dans sa barbe :

— Mes frères seront bien habiles s'ils me disputent la maison.

De son côté, le jeune barbier eut bientôt pour pratiques les plus grands seigneurs de la cour, si bien qu'il se flattait aussi d'hériter de la maison à la barbe de ses frères.

Quant au maître d'armes, avant de connaître tous les secrets de son art, il dut recevoir plus d'un bon coup d'estoc et de taille ; mais la récompense promise soutenait son courage, en même temps qu'il exerçait son œil et sa main.

Quand l'époque fixée pour le retour fut arrivée, les trois frères se réunirent à l'endroit convenu, puis ils regagnèrent ensemble la maison de leur père.

Le soir même de leur retour, tandis qu'ils étaient assis tous quatre devant la porte, ils aperçurent un lièvre qui accourait à travers champs de leur côté.

— Bravo ! dit le barbier, voici une pratique qui vient fort à propos pour me fournir l'occasion de montrer mon savoir-faire !

En prononçant ces mots, notre homme prenait savon et bassin et préparait sa blanche mousse. Quand le lièvre fut parvenu à proximité, il courut à sa poursuite, le rejoignit, et tout en galopant de concert avec le léger animal, il lui barbouilla le nez de savon, puis d'un seul coup de rasoir il lui enleva la moustache, sans lui faire la plus petite coupure, et sans oublier le plus petit poil.

— Voilà qui est travaillé ! dit le père, il faudra que tes frères soient bien habiles pour te disputer la maison.

Quelques moments après, on vit arriver à toute bride un cheval fringant attelé à une légère voiture.

— Je sais vous donner un échantillon de mon adresse, dit à son tour le maréchal-ferrant.

À ces mots, il s'élança sur la trace du cheval et, bien que celui-ci redoublât de vitesse, il lui enleva les quatre fers auquel il en substitua quatre autres ; et tout cela en moins d'une minute, le plus aisément du monde et sans ralentir la course du cheval.

— Tu es un artiste accompli, s'écria le père ; tu es aussi sûr de ton affaire que ton frère l'est de la siennne ;

et je ne saurais en vérité décider lequel de vous deux mérite le plus la maison.

— Attendez que j'aie aussi fait mes preuves ! dit alors le troisième fils.

La pluie commençait à tomber en ce moment.

Notre homme tira son épée, et se mit à en décrire des cercles si rapides au-dessus de sa tête, que pas une seule goutte d'eau ne tomba sur lui ; la pluie redoublant de force, ce fut bientôt comme si on la versait à seaux des hauteurs du ciel. Cependant notre maître d'armes qui s'était borné à agiter son épée toujours plus vite, demeurait à sec sous son arme, comme s'il eût été sous un parapluie ou sous un toit

À cette vue, l'admiration de l'heureux père fut au comble, et il s'écria :

— C'est toi qui as donné la preuve d'adresse la plus étonnante ; c'est à toi que revient la maison.

Les deux fils aînés approuvèrent cette décision, et joignirent leurs éloges à ceux de leur père. Ensuite, comme ils s'aimaient tous trois beaucoup, ils ne voulurent pas se séparer, et continuèrent de vivre ensemble dans la maison paternelle, où ils exercèrent chacun leur métier. Leur réputation d'habileté s'étendit au loin, et ils devinrent bientôt riches. C'est ainsi qu'ils vécurent heureux et considérés jusqu'à un âge très avancé ; et lorsque enfin l'aîné tomba malade et mourut, les deux autres en prirent un tel chagrin qu'ils ne tardèrent pas à le suivre.

On leur rendit les derniers devoirs. Le pasteur de la commune fit observer avec raison que trois frères qui, pendant leur vie, avaient été doués d'une si grande adresse et unis par une si touchante amitié, ne devaient pas non plus être séparés dans la mort. En conséquence, on les plaça tous trois dans le même tombeau.

LA MORT LA PLUS DOUCE POUR LES CRIMINELS

*Traduit de l'allemand dans l'édition
de Eugène Ardant, 1885*

On a cru longtemps que c'était la mort instantanée. On s'est trompé. Voici qui le prouvera.

Un homme qui naguère avait rendu de grands services à sa patrie, et qui, par conséquent, était bien noté près du prince, eut le malheur, dans un moment d'égarement et de passion, de commettre un crime par suite duquel il fut jugé et condamné à mort. Prières et supplications n'y purent rien : on décida qu'il subirait son arrêt. Toutefois, eu égard à ses bons antécédents, le prince lui laissa le choix de son genre de mort. En conséquence, l'huissier criminel alla le trouver dans sa prison et lui dit :

— Le prince, qui se souvient de vos anciens services, veut vous accorder une faveur ; il a donc décidé qu'on vous laisserait le choix de votre genre de mort. Souvenez-vous seulement d'une chose, c'est qu'il faut que vous mouriez.

Notre homme répondit :

— Puisqu'il est entendu que je dois mourir, tout en déplorant la rigueur d'un destin cruel, je vous avouerai franchement que mourir de vieillesse m'a toujours paru la mort la plus douce, aussi est-ce pour cette mort-là que je me décide, puisque le prince a la bonté de me permettre de choisir.

On eut beau lui faire tous les raisonnements du monde, rien n'ébranla son opinion ; comme le prince avait donné sa parole, et qu'il n'était pas homme à y manquer, on se vit donc forcé de rendre la liberté au condamné, et d'attendre que la vieillesse se chargeât de mettre à exécution l'arrêt porté contre lui.

LES DEUX COMPAGNONS EN TOURNÉE

Traduction de Frédéric Baudry

Les montagnes ne se rencontrent pas, mais les hommes se rencontrent, et souvent les bons avec les mauvais. Un cordonnier et un tailleur se trouvèrent sur la même route en faisant leur tour de pays. Le tailleur était un joli petit homme toujours gai et de bonne humeur. Il vit venir de son côté le cordonnier et, reconnaissant son métier au paquet qu'il portait, il se mit à chanter une petite chanson moqueuse :

Perce un point subtil ;
Tire fort ton fil,
Poisse-le bien dans sa longueur,
Chasse tes clous avec vigueur.

Mais le cordonnier, qui n'entendait pas la plaisanterie, prit un air comme s'il avait bu du vinaigre ; on aurait cru qu'il allait sauter à la gorge du tailleur. Heureusement le petit bonhomme lui dit en riant et en lui présentant sa gourde :

— Allons, c'était pour rire ; bois un coup et ravale ta bile.

Le cordonnier but un grand trait, et l'air de son visage parut revenir un peu au beau. Il rendit la gourde au tailleur en lui disant :

— J'y ai fait honneur. C'est pour la soif présente et pour la soif à venir. Voulez-vous que nous voyagions ensemble ?

— Volontiers, dit le tailleur, pourvu que nous allions dans quelque grande ville où l'ouvrage ne manque pas.

— C'est aussi mon intention, dit le cordonnier ; dans les petits endroits, il n'y a rien à faire, les gens y vont nu-pieds. »

Et ils firent route ensemble, à pied comme les chiens du roi.

Tous deux avaient plus de temps à perdre que d'argent à dépenser. Dans chaque ville où ils entraient, ils visitaient les maîtres de leurs métiers et, comme le petit tailleur était joli et de bonne humeur, avec de gentilles joues roses, on lui donnait volontiers de l'ouvrage ; souvent même, sous la porte, la fille du patron lui laissait prendre un baiser par-dessus le marché. Quand il se retrouvait avec son compagnon, sa bourse était toujours la mieux garnie. Alors, le cordonnier, toujours grognon, allongeait encore sa mine en grommelant : « Il n'y a de la chance que pour les coquins. »

Mais le tailleur ne faisait qu'en rire, et il partageait tout ce qu'il avait avec son camarade. Dès qu'il sentait sonner deux sous dans sa poche, il faisait servir du meilleur, et les gestes de sa joie faisaient sauter les verres sur la table ; c'était, chez lui, lestement gagné, lestement dépensé.

Après avoir voyagé pendant quelque temps, ils arrivèrent à une grande forêt par laquelle passait le chemin de la capitale du royaume. Il fallait choisir entre deux sentiers, l'un offrant une longueur de sept jours, l'autre de deux jours de marche mais ils ne savaient ni l'un ni l'autre quel était le plus court. Ils s'assirent sous un chêne et tinrent conseil sur le parti à prendre et sur la quantité de pain qu'il convenait d'emporter. Le cordonnier dit :

— On doit toujours pousser la précaution aussi loin que possible ; je prendrai du pain pour sept jours.

— Quoi ! dit le tailleur, traîner sur son dos du pain pour sept jours comme une bête de somme ! À la grâce de Dieu, je ne m'en embarrasse pas. L'argent que j'ai dans ma poche vaut autant en été qu'en hiver, mais en temps chaud le pain se dessèche et moisit. Mon habit ne va pas plus bas que la cheville, je ne prends pas tant de précautions. Et d'ailleurs, pourquoi ne tomberions- nous pas sur le bon chemin ? Deux jours de pain, c'est bien assez.

Chacun d'eux fit sa provision, et ils se mirent en route au petit bonheur.

Tout était calme et tranquille dans la forêt comme dans une église. On n'entendait ni le souffle du vent, ni le murmure des ruisseaux, ni le chant des oiseaux, et l'épaisseur du feuillage arrêtait les rayons du soleil. Le cordonnier ne disait mot, courbé sous sa charge de pain, qui faisait couler la sueur sur son noir et sombre visage. Le tailleur, au contraire, était de la plus belle humeur, il courait de tous côtés, sifflant, chantant quelques petites chansons, et il disait : « Dieu, dans son paradis, doit être heureux de me voir si gai. »

Les deux premiers jours se passèrent ainsi ; mais le troisième, comme ils ne voyaient pas le bout de leur route, le tailleur, qui avait consommé tout son pain, sentit sa gaieté s'évanouir ; cependant, sans perdre courage, il se remit a sa bonne chance et à la grâce de Dieu. Le soir, il se coucha sous un arbre avec la faim, et il se releva le lendemain sans qu'elle fût apaisée. Il en fut de même le quatrième jour et, pendant que le cordonnier dînait, assis sur un tronc d'arbre abattu, le pauvre tailleur n'avait d'autre ressource que de le regarder faire. Il lui demanda une bouchée de pain ; mais l'autre lui répondit en ricanant : « Toi qui étais toujours si gai, il est bon que tu connaisses un peu le malheur. Les oiseaux qui chantent trop matin, le soir l'épervier les croque. » Bref il fut sans pitié.

Le matin du cinquième jour, le pauvre tailleur n'avait plus la force de se lever. À peine si, dans son épuisement, il pouvait prononcer une parole : il avait les joues pâles et les yeux rouges. Le cordonnier lui dit : « Tu auras un morceau de pain, mais à condition que je te crève l'œil droit. »

Le malheureux, obligé d'accepter cet affreux marché pour conserver sa vie, pleura des deux yeux pour la dernière fois, et s'offrit à son bourreau, qui lui perça l'œil droit avec la pointe d'un couteau. Le tailleur se rappela alors ce que sa mère avait coutume de lui dire dans son enfance, quand elle le fouettait pour l'avoir surpris dérobant quelque friandise : « Il faut manger tant qu'on peut, mais aussi souffrir ce qu'on ne saurait empêcher. »

Quand il eut mangé ce pain qui lui coûtait si cher, il se remit sur ses jambes et se consola de son malheur en pensant qu'il y verrait encore assez avec un œil. Mais le sixième jour la faim revint, et le cœur lui défaillit tout à fait. Il tomba le soir au pied d'un arbre et, le lendemain matin, la faiblesse l'empêcha de se lever. Il sentait la mort venir. Le cordonnier lui dit : « Je veux avoir pitié de toi et te donner encore un morceau de pain mais pour cela je te crèverai l'œil qui te reste. »

Le pauvre petit homme songea alors à sa légèreté qui était cause de tout cela et il demanda pardon à Dieu et dit : « Fais ce que tu voudras, je souffrirai ce qu'il faudra. Mais songe que, si Dieu ne punit pas toujours sur l'heure, il viendra cependant un instant où tu seras payé du mal que tu me fais sans que je l'aie mérité. Dans mes jours heureux, j'ai partagé avec toi ce que j'avais. Pour mon métier les yeux sont nécessaires. Quand je n'en aurai plus et que je ne pourrai plus coudre, il faudra donc que je demande l'aumône. Au moins, lorsque je serai aveugle, ne me laisse pas seul ici, car j'y mourrais de faim. »

Le cordonnier, qui avait chassé Dieu de son cœur, prit son couteau et lui creva l'œil gauche. Puis il lui donna un morceau de pain et, lui tendant le bout d'un bâton, il le mena derrière lui.

Au coucher du soleil, ils arrivèrent à la lisière de la forêt, et devant un gibet. Le cordonnier conduisit son compagnon aveugle jusqu'au pied des potences, et, l'abandonnant là, il continua sa route tout seul. Le malheureux s'endormit accablé de fatigue, de douleur et de faim, et passa toute la nuit dans un profond sommeil. À la pointe du jour, il s'éveilla sans savoir où il était.

Il y avait deux pauvres pêcheurs pendus au gibet, avec des corbeaux sur leurs têtes. Le premier pendu se mit à dire :

— Frère, dors-tu ?

— Je suis éveillé, répondit l'autre.

— Sais-tu, reprit le premier, que la rosée qui est tombée cette nuit du gibet sur nous rendrait la vue aux aveugles qui s'en baigneraient les yeux ? S'ils le savaient, plus d'un recouvrerait la vue, qu'il croit avoir perdue pour jamais.

Le tailleur, entendant cela, prit son mouchoir, le frotta sur l'herbe jusqu'à ce qu'il fût mouillé par la rosée, et en humecta les cavités vides de ses yeux. Aussitôt ce que le pendu avait prédit se réalisa, et les orbites se remplirent de deux yeux vifs et clairvoyants. Le tailleur ne tarda pas à voir le soleil se lever derrière les montagnes. Dans la plaine devant lui se dressait la grande capitale avec ses portes magnifiques et ses cent clochers surmontés de croix étincelantes. Il pouvait désormais compter les feuilles des arbres, suivre le vol des oiseaux et les danses des mouches. Il tira une aiguille de sa poche et essaya de l'enfiler ; en voyant qu'il y réussissait parfaitement, son cœur sauta de joie. Il se jeta à genoux pour remercier Dieu de sa miséricorde et faire sa prière du matin, sans oublier ces pauvres pécheurs pendus au gibet et ballottés par le vent comme des battants de cloche. Ses chagrins étaient loin de lui. Il reprit son paquet sur son dos et se remit en route en chantant et en sifflant.

Le premier être qu'il rencontra fut un poulain bai brun qui paissait en liberté dans une prairie. Il le saisit aux crins, et il allait monter dessus pour se rendre à la ville ; mais le poulain le pria de le laisser :

— Je suis encore trop jeune, ajouta-t-il ; tu as beau n'être qu'un petit tailleur léger comme une plume, tu me rompras les reins ; laisse-moi courir jusqu'à ce que je sois plus fort. Un temps viendra peut-être où je pourrai t'en récompenser.

— Va donc, répondit le tailleur ; aussi bien je vois que tu n'es qu'un petit sauteur.

Et il lui donna un petit coup de houssine[1] sur le dos ;

---

1. Verge, baguette flexible de houx ou d'autre arbre dont on se sert pour les chevaux.

le poulain se mit à ruer de joie et à se lancer à travers champs en sautant par-dessus les haies et les fossés.

Cependant le tailleur n'avait pas mangé depuis la veille. « Mes yeux, se disait-il, ont bien retrouvé le soleil, mais mon estomac n'a pas retrouvé de pain. La première chose à peu près mangeable que je rencontrerai y passera. »

En même temps il vit une cigogne qui s'avançait gravement dans la prairie.

— Arrête, lui cria-t-il en la saisissant par une patte ; j'ignore si tu es bonne à manger, mais la faim ne me laisse pas le choix ; je vais te couper la tête et te faire rôtir.

— Garde-t'en bien, dit la cigogne ; je suis un oiseau sacré utile aux hommes, et personne ne me fait jamais de mal. Laisse-moi la vie, je te revaudrai cela peut-être une autre fois.

— Eh bien donc, dit le tailleur, sauve-toi, commère aux longs pieds.

La cigogne prit son vol et s'éleva tranquillement dans les airs en laissant pendre ses pattes.

« Qu'est-ce que tout cela va devenir ? se dit-il ; ma faim augmente et mon estomac se creuse ; cette fois, le premier être qui me tombe sous la main est perdu. »

À l'instant même il vit deux petits canards qui nageaient sur un étang. « Ils viennent bien à propos », pensa-t-il ; et en saisissant un, il allait lui tordre le cou.

Mais une vieille cane, qui était cachée dans les roseaux, courut à lui le bec ouvert, et le pria en pleurant d'épargner ses petits.

— Pense, lui dit-elle, à la douleur de ta mère, si on te donnait le coup de la mort.

— Sois tranquille, répondit le bon petit homme, je n'y toucherai pas.

Et il remit sur l'eau le canard qu'il avait pris.

En se retournant, il vit un grand arbre à moitié creux, autour duquel volaient des abeilles sauvages. « Me voilà récompensé de ma bonne action, se dit-il, je vais me régaler de miel. » Mais la reine des abeilles, sortant de l'arbre, lui déclara que, s'il touchait à son peuple et à son nid, il se sentirait à l'instant percé de mille piqûres ; que si, au contraire, il les laissait en repos, les abeilles pourraient lui rendre service plus tard. Le tailleur vit bien qu'il n'y avait encore rien à faire de ce côté-là. « Trois plats vides, et rien dans le quatrième, se disait-il, cela fait un triste dîner. »

Il se traîna, exténué de faim, jusqu'à la ville mais, comme il y entra à midi sonnant, la cuisine était toute prête dans les auberges, et il n'eut qu'à se mettre à table. Quand il eut fini, il parcourut la ville pour chercher de l'ouvrage, et il en eut bientôt trouvé à de bonnes conditions. Comme il savait son métier à fond, il ne tarda pas à se faire connaître, et chacun voulait avoir son habit neuf de la façon du petit tailleur. Sa renommée croissait chaque jour. Enfin, le roi le nomma tailleur de la cour.

Mais voyez comme on se retrouve dans le monde. Le même jour, son ancien camarade le cordonnier avait été nommé cordonnier de la cour. Quand il aperçut le tailleur avec deux bons yeux, sa conscience se troubla. « Avant qu'il cherche à se venger de moi, se dit-il, il faut que je lui tende quelque piège. »

Mais souvent on tend des pièges à autrui pour s'y prendre soi-même. Le soir, après son travail, il alla secrètement chez le roi et lui dit :

— Sire, le tailleur est un homme orgueilleux, qui s'est vanté de retrouver la couronne d'or que vous avez perdue depuis si longtemps.

— J'en serais fort aise, dit le roi.

Et le lendemain il fit comparaître le tailleur devant lui, et lui ordonna de rapporter la couronne, ou de quitter la ville pour toujours.

« Oh se dit le tailleur, il n'y a que les fripons qui promettent ce qu'ils ne peuvent tenir. Puisque ce roi a l'entêtement d'exiger de moi plus qu'un homme ne peut faire, je n'attendrai pas jusqu'à demain, et je vais décamper dès aujourd'hui. »

Il fit son paquet mais, en sortant des portes, il avait du chagrin de tourner le dos à cette ville où tout lui avait réussi. Il passa devant l'étang où il avait fait connaissance avec les canards ; la vieille cane à laquelle il avait laissé ses petits était debout sur le rivage et lissait ses plumes avec son bec. Elle le reconnut tout de suite et lui demanda d'où venait cet air de tristesse.

— Tu n'en seras pas étonnée quand tu sauras ce qui m'est arrivé, répondit le tailleur ; et il lui raconta son affaire.

— N'est-ce que cela ? dit la cane nous pouvons te venir en aide. La couronne est tombée justement au fond de cet étang ; en un instant nous l'aurons rapportée sur le bord. Étends ton mouchoir pour la recevoir.

Elle plongea dans l'eau avec ses douze petits et, au bout de cinq minutes, elle était de retour et nageait au milieu de la couronne qu'elle soutenait avec ses ailes, tandis que les jeunes, rangés tout autour, aidaient à la porter avec leur bec. Ils arrivèrent au bord et déposèrent la couronne sur le mouchoir. Vous ne sauriez croire combien elle était belle : elle étincelait au soleil comme un million d'escarboucles. Le tailleur l'enveloppa dans son mouchoir et la porta au roi, qui, dans sa joie, lui passa une chaîne d'or autour du cou.

Quand le cordonnier vit que le coup était manqué, il songea à un autre expédient, et alla dire au roi : « Sire, le tailleur est retombé dans son orgueil ; il se vante de pouvoir reproduire en cire tout votre palais avec tout ce qu'il contient, le dedans et le dehors, les meubles et le reste. »

Le roi fit venir le tailleur et lui ordonna de reproduire en cire tout son palais avec tout ce qu'il contenait, le dedans et le dehors, les meubles et le reste, l'avertissant que, s'il n'en venait pas à bout et s'il oubliait seulement un clou à un mur, on l'enverrait finir ses jours dans un cachot souterrain. Le pauvre tailleur se dit : « Voilà qui va de mal en pis ; on me demande l'impossible. » Il fit son paquet et quitta la ville.

Quand il fut arrivé au pied de l'arbre creux, il s'assit en baissant la tête. Les abeilles volaient autour de lui ; la reine lui demanda, en lui voyant la tête si basse, s'il n'avait pas le torticolis. « Non, dit-il, ce n'est pas là que le mal me tient » et il lui raconta ce que le roi avait demandé.

Les abeilles se mirent à bourdonner entre elles, et la reine lui dit : « Retourne chez toi, et reviens demain à la même heure avec une grande serviette, tout ira bien. »

Il rentra chez lui, mais les abeilles volèrent au palais et entrèrent par les fenêtres ouvertes pour fureter partout et examiner toutes choses dans le plus grand détail et, se hâtant de regagner leur ruche, elles construisirent un palais en cire avec une telle promptitude qu'on aurait pu le voir s'élever à vue d'œil. Dès le soir tout était prêt et, quand le tailleur arriva le lendemain, il trouva le superbe édifice qui l'attendait, blanc comme la neige et exhalant une douce odeur de miel, sans qu'il manquât un clou aux murs ni une tuile au toit. Le tailleur l'enveloppa avec soin dans la serviette et le porta au roi, qui ne pouvait en revenir d'admiration. Il fit placer le chef-d'œuvre dans la grande salle de son palais, et récompensa le tailleur par le don d'une grande maison en pierre de taille.

Le cordonnier ne se tint pas pour battu. Il alla une troisième fois trouver le roi, et lui dit : « Sire, il est revenu aux oreilles du tailleur qu'on avait toujours tenté vainement de creuser un puits dans la cour de votre palais ; il s'est vanté d'y faire jaillir un jet d'eau haut comme un homme et clair comme le cristal. »

Le roi fit venir le tailleur et lui dit : « Si demain il n'y a pas un jet d'eau dans la cour comme tu t'en es vanté, dans cette même cour mon bourreau te raccourcira la tête. »

L'infortuné tailleur gagna sans plus tarder les portes de la ville, et comme cette fois il s'agissait de sa vie, les larmes lui coulaient le long des joues. Il marchait tristement, quand il fut accosté par le poulain auquel il avait accordé la liberté, et qui était devenu un beau cheval bai brun. « Voici le moment arrivé, lui dit-il, où je peux te montrer ma reconnaissance. Je connais ton embarras, mais je t'en tirerai ; enfourche-moi seulement ; maintenant j'en porterais deux comme toi sans me gêner. »

Le tailleur reprit courage ; il sauta sur le cheval, qui galopa aussitôt vers la ville et entra dans la cour du palais. Il y fit trois tours au galop, rapide comme l'éclair, et au troisième il s'arrêta court[1]. Au même instant on entendit un craquement épouvantable ; une motte de terre se détacha et sauta comme une bombe par-dessus le palais, et il jaillit un jet d'eau haut comme un homme à cheval et pur comme le cristal ; les rayons du soleil s'y jouaient en étincelant. Le roi, en voyant cela, fut au comble de l'étonnement, il prit le tailleur dans ses bras et l'embrassa devant tout le monde.

Mais le repos du bon petit homme ne fut pas de longue durée. Le roi avait plusieurs filles, plus belles les unes que les autres, mais pas de fils. Le méchant cordonnier se rendit une quatrième fois près du roi, et lui dit : « Sire, le tailleur n'a rien rabattu de son orgueil à présent, il se vante que, quand il voudra, il vous fera venir un fils du haut des airs. »

Le roi manda le tailleur, et lui dit que, s'il lui procurait un fils dans huit jours, il lui donnerait sa fille aînée en mariage. « La récompense est honnête, se disait le petit tailleur, on peut s'en contenter mais les cerises sont trop hautes, si je monte à l'arbre, la branche cassera et je tomberai par terre. »

Il alla chez lui et s'assit, les jambes croisées, sur son établi, pour réfléchir à ce qu'il devait faire. « C'est impossible ! s'écria-t-il enfin, il faut que je m'en aille ; il n'y a pas ici de repos pour moi. »

Il fit son paquet et se hâta de sortir de la ville. En passant par la prairie, il aperçut sa vieille amie la cigogne, qui se promenait en long et en large comme un philosophe, et qui de temps en temps s'arrêtait pour considérer de tout près quelque grenouille qu'elle finissait par gober. Elle vint au-

---

1. C'est une tradition populaire en Allemagne que les chevaux découvrent les sources cachées.

devant de lui pour lui souhaiter le bonjour. « Eh bien ! lui dit-elle, te voilà le sac au dos ; tu quittes donc la ville ! »

Le tailleur lui raconta l'embarras où le roi l'avait mis, et se plaignit amèrement de son sort. « Ne te fais pas de mal pour si peu de choses, répliqua-t-elle. Je te tirerai d'affaire. J'ai assez apporté de petits enfants ; je peux bien, pour une fois, apporter un petit prince. Retourne à ta boutique et tiens-toi tranquille. D'aujourd'hui en neuf jours, sois au palais du roi ; je m'y trouverai de mon côté. »

Le petit tailleur revint chez lui, et le jour convenu il se rendit au palais. Un instant après, la cigogne arriva à tire-d'aile et frappa à la fenêtre. Le tailleur lui ouvrit, et la commère aux longs pieds entra avec précaution et s'avança gravement sur le pavé de marbre. Elle tenait à son bec un enfant beau comme un ange, qui tendait ses petites mains à la reine. Elle le lui posa sur les genoux, et la reine se mit à le baiser et à le presser contre son cœur, tant elle était joyeuse.

La cigogne, avant de s'en aller, prit son sac de voyage qui était sur son épaule et le présenta à la reine. Il était garni de cornets pleins de bonbons de toutes les couleurs, qui furent distribués aux petites princesses. L'aînée n'en eut pas parce qu'elle était trop grande, mais on lui donna pour mari le joli petit tailleur. « C'est, disait-il, comme si j'avais gagné le gros lot à la loterie. Ma mère avait bien raison de dire qu'avec de la foi en Dieu et du bonheur on réussit toujours. »

Le cordonnier fut obligé de faire les souliers qui servirent au tailleur pour son bal de noces ; puis on le chassa de la ville en lui défendant d'y jamais rentrer. En prenant le chemin de la forêt, il repassa devant le gibet, et, accablé par la chaleur, la colère et la jalousie, il se coucha au pied des potences. Mais, comme il s'endormait, les deux corbeaux qui étaient perchés sur les têtes des pendus se lancèrent sur lui en poussant de grands cris et lui crevèrent les deux yeux. Il courut comme un insensé à travers la forêt, et il doit y être mort de faim car, depuis ce temps-là, personne ne l'a vu et n'a eu de ses nouvelles.

Imprimé en France par

MAURY-IMPRIMEUR
à Malesherbes (Loiret)
en février 2012

POCKET – 12, avenue d'Italie – 75627 Paris Cedex 13

N° d'impression : 171423
Dépôt légal : mars 2012
S22780/01